달고나 여행사

달고나 여행사

김동하 장편소설

네오
픽션

차례

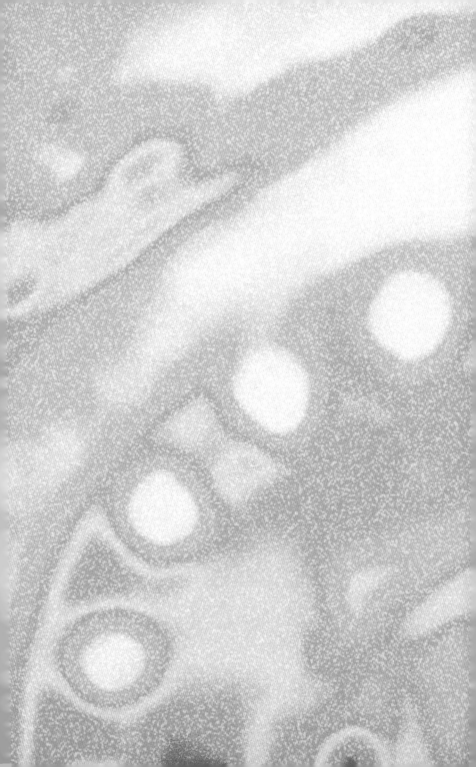

마침내 난파선의 거대한 실루엣이 보이기 시작했다.

해저에서 100년 가까이 세월을 보낸 배였다. 아직 선명하게 보이지 않는 탓에 난파선은 잠들어 있는 거대한 대왕고래처럼 보였다.

압도적인 광경에 소녀의 호흡이 거칠어지고 호흡기를 빠져나오는 기포가 눈에 띄게 늘어났다. 거리가 가까워지자 100미터 넘는 거대한 선체가 보였다. 수중 시야가 이렇게까지 좋다는 건 행운이었다.

사실 소녀는 난파선 다이빙을 하고 싶지 않았다. 바닷속에 예쁘고 신기한 게 넘쳐나는데 왜 하필 불길하게 난파선을 보려는 건지 이해할 수 없었다. 그러나 소녀의 일행인 주빈, 해수 그리고 동우를 비롯한 다른 사람들의 생각은 달랐다.

보트와 연결된 줄을 잡고 하강하던 소녀의 일행은 하나둘 줄을 놓고 난파선으로 다가갔다.

소녀는 다이빙 중에 과호흡을 주의하라던 강사의 말을 떠올리고는 호흡을 느리게 하려고 노력했다.

반면 주빈은 흥분을 가라앉힐 마음이 전혀 없어 보였다. 그는 가장 앞서 나아가기 시작했다. 자연스레 일행은 두 무리로 갈라졌다.

소녀는 난파선에 가까워질수록, 그래서 1세기가 지난 해저 유물의 실체가 선명해질수록 알 수 없는 두려움을 느꼈다.

긴장한 탓일까. 균형을 잃은 소녀의 몸이 좌우로 흔들렸다. 마침 검은 장갑을 낀 손이 소녀의 팔을 잡아주지 않았다면 뒤집혔을 것이다.

소녀는 거미줄 무늬가 프린트된 검정 장갑의 주인을 돌아봤다. 아빠였다. 정확히는 아빠가 이용 중인 공유신체였다.

소녀의 아빠뿐만이 아니었다. 일행 중 현지 버디들을 제외한 전원이 여행사에서 제공받은 공유신체를 이용했다.

이틀을 함께 보냈지만 낯선 사내의 모습을 한 아빠에게 적응하기는 여전히 쉽지 않았다. 아빠가 임대한 공유신체 눈가에는 주름이 하나도 없었다. 두건을 비집고 나온 머리카락은 검은색이 아닌 붉은색이었다. 그러니 아빠가 아니라 큰오빠 정도라고 해야 어울렸다.

아빠 역시 딸인 그녀가 어색하긴 마찬가지일 거다. 소녀 또한 실제 제 나이보다 일곱 살이나 많은 여자의 몸을 대여한 상태니까. 그래서일까. 난파선을 향해 유영하는 두 사람은 부녀라기보다는 한 쌍의 연인처럼 보였다.

아빠의 손길에 안정을 되찾은 소녀는 무사히 난파선에 도달할 수 있었다.

난파선의 표면에는 산호를 비롯해 따개비, 불가사리 등 각종 해양 생물이 붙어 있었다. 그러나 30미터에 이르는 수심 때문에 생물의 고유한 색이 사라지고 무채색으로 보였기에 소녀는 그 광경이 음산하게 보였다. 그나마 난파선을 둥지 삼아 사는 물고기들이 없었다면 유령선과 마주한 기분이었을 것이다.

소녀는 물고기 떼를 따라 유영하며 배 주위를 돌기 시작했다. 느린 속도로 한 바퀴를 다 돌자 처음 보았던 선미가 나타났다. 폭격을 맞은 부분이었다.

찢어지고 우그러진 선체 사이로 배에 실려 있는 군수품이 드러났다. 부서진 장갑차와 트럭 등이 뒤엉켜 있고 해양 생물이 그 복잡한 틈새를 아지트 삼아 살아가고 있었다.

새삼 눈앞의 난파선이 2차 세계대전이 한창이던 때에 군수품을 실어 나르던 수송선이란 사실이 상기됐다. 배의 이름은 '곰'으로 끝나는 이름이었는데…….

소녀의 기억이 맞는다면 시슬곰이란 이름이었을 거다.

눈앞의 거대한 전쟁 유물은 복원품 따위가 아닌 실제였다. 진짜로 폭격을 맞아 침몰한 배였다. 이미 아는 사실이었지만 실제 현장을 마주하고 나자 침몰한 배에 갇혀 죽었을 선원들의 모습이 떠올랐다. 소녀는 한기를 느끼며 마른침을 꿀꺽 삼켰다.

시간이 흐르면서 막연하던 불안감은 서서히 잦아들었다. 그러자 그 빈자리를 모험심이 채우기 시작했다.

소녀는 난파선의 수많은 출입구 중 하나를 보다 공기탱크의 잔량을 확인했다.

95bar.

아직까진 여유가 있을 거란 예상과 달리 빠듯한 수치였다. 수심 30미터의 딥다이빙(수심이 깊어지면 공기 소모량이 늘어난다)인 데다 긴장으로 내내 과호흡을 한 영향이었다. 비상 상황을 대비해 최소한 80bar는 남기고 부상을 준비해야 한다고 배웠다.

정리하자면 난파선 내부를 살펴보기에 15bar는 여유분으로 보기에 턱없이 부족했다.

그때 뒤따라오던 아빠가 소녀 곁에 이르렀다. 그는 소녀의 눈을 향해 검지를 들고는 빙빙 돌렸다. 공기 잔량을 묻는 것이었다.

소녀는 갈등했다. 이번 여행을 앞두고 부모의 대화를 엿들었던 기억이 났다. 갈수록 어린 공유신체를 구하기 어렵다는 내용이었다. 그러니 이번 여행이 끝나면 또 얼마를 기다려야 할지 몰랐다.

소녀는 손가락을 두 번에 걸쳐 펴며 130bar라고 사실을 속여 전달했다. 아빠는 알았다며 고개를 끄덕인 뒤 난파선의 창문 중 하나를 손가락으로 가리켰다. 그렇게 수중 탐사의 후반전이 시작됐다.

소녀가 접근하자 앞을 가로막고 있던 형형색색의 물고기 떼가 양옆으로 갈라졌다. 그 모습에 이곳이 홍해의 해저라는 사실이 새삼스레 생각났다.

모세의 기적이 행해졌다고 전하는 역사적인 장소. 오래전부터 지체 장애를 갖고 살아온 소녀로서는 물속을 자유롭게 유영하는 이 순간이야말로 기적의 현현이었다. 다만 이 기적에는 제한 시간이 있었다. 소녀는 자정이 되면 부엌데기로 돌아가고 마는 신데렐라와 같았다.

기적은 순간이고 운명은 지속되는 법이다. 모세의 기적은 짧았고, 난파한 시슬곰의 운명은 영원에 가까웠다. 소녀는 그중 시슬곰에 가까웠다.

소녀는 자신을 닮은 시슬곰의 내부를 향해 플래시를 비췄고 오리발을 저어 그 불빛 안으로 들어가길 반복했다. 낯선 풍경에 시선과 생각을 모두 뺏긴 채 유영하던 소녀는 뒤늦게 공기 잔량을 확인하고는 아차 싶었다.

50bar.

더는 지체할 시간이 없었다. 30미터쯤은 금방 상승하지 않느냐고 생각할 수도 있으나 그렇게 했다간 급격히 낮아지는 수압 때문에 폐포 속의 산소가 급격히 팽창하면서 끔찍한 일을 초래할지 몰랐다. 그러니 상승 시 감압을 위해 정해진 수심에 이를 때마다 안전 정지 시간을 가져야 했다. 문제는 남은 공기 잔량이 턱없이 부족하다는 사실이었다.

마음이 다급해진 소녀의 머릿속에 자신보다 앞서 난파선 내부로 들어갔던 주빈 오빠가 떠올랐다. 그러자 아찔한 생각이 들었다. 주빈 오빠의 공유신체는 건장한 청년이었고 같은 상황이라면 소녀의 공유신체보다 많은 공기가 필요할 수밖에 없었다.

더군다나 그는 소녀보다 초보였다. 균형을 잡기 힘드니 불필요한 움직임이 많았고 그런 움직임은 공기 소모량을 늘리는 행위였다. 품어져 나오는 기포 양으로 보아 난파선을 목격한 순간부터 이미 그는 과호흡 상태였다. 다시 말해 주빈 오빠의 공기 잔량은 바닥나기 직전이었다.

마음이 급해진 소녀는 선체의 미로 같은 실내를 빠르게 움직이기 시작했다. 좁은 실내인 데다 조류까지 있어 움직이기 쉽지 않았지만 서둘러야 했다. 움직임이 많아지면 공기 소모량도 늘어날 수밖에 없지만 차마 예고된 사고를 모르는 체할 수는 없었다.

소녀가 주빈을 발견한 건 엔진실로 보이는 장소였다. 그는 뭔가를 집중해 바라보고 있었다.

소녀는 속으로 안도의 숨을 내쉬었다. 일단 그와 함께 선체 밖으로 나가 일행과 합류하기만 하면 공기탱크에 여유가 있는 사람의 예비 호흡기를 사용할 수 있었다.

그러나 주빈을 향해 다가가던 소녀는 갑자기 움직임을 멈췄다. 마스크 너머로 눈동자가 급격히 흔들렸다.

소녀의 시선이 향한 곳은 주빈의 호흡기였다. 날숨에 따라 품어져야 할 기포가 전혀 보이지 않았다. 두려움에 휩싸인 소녀는 공황 상태에 빠지고 말았다. 입으로 공기가 아닌, 짜디짠 바닷물이 들어오기 시작했다.

정오를 앞둔 시간. 종로3가 탑골공원에는 사람보다 비둘기가 많아 보였다. 대로변에 접한 서문 쪽은 그나마 통행하는 차량과 사람이 많은 편이었다.

반면 골목으로 이어지는 동문을 빠져나오면 인적이 확연히 줄어들었다. 공원과 가까운 익선동이 한때 젊은이들 필수 데이트 코스로 인기를 얻으면서 사람이 들끓을 때도 있었다고는 하나 수십 년도 지난 일이었다. 현재는 인생의 풍파에 쪼그라든 노인 몇몇이 기름진 냄새 사이로 쏘다닐 뿐이었다.

노인이라고 목적지가 없진 않겠으나 느릿한 걸음 탓에 정처 없어 보였다. 노인 중 상당수는 같은 방향으로 걷고 있었다. 그들은 골목의 기름진 냄새에 상당한 지분을 가진 빈대떡집을 지나쳐 공원의 동문 방향으로 몰려들었다.

노인 가운데 가장 빠르게 이동하던 노인은 공교롭게도 두 다리가 불편한, 그래서 전동 휠체어 신세인 노수열이었다. 같은 동선으로 걷던 다른 노인 대부분은 노인 무료 급식소에 멈췄지만 노수열은 그냥 지나쳤다. 그가 멈춘 곳은 급식소로부터 한 블록을 더 지나 허름한 상가 앞으로 학교 앞 작은 문방구 정도의 상가였다.

　작은 상가는 낡았지만 나름 운치가 있었다. 최소한 민트색 페인트가 칠해진 간판만은 상큼해 보였다.

　달고나 여행사.

　간판은 가게의 정체성이 여행사임을 암시했다. 그러나 달고나, 아니 달고나 여행사라는 간판이 걸린 이 가게는 여행사가 아니었다. 잡다한 물건을 파는 일종의 잡화점이었다. 그런데도 굳이 여행사란 상호가 붙은 이유는 뭘까. 단골손님들은 아무래도 이 가게에서 판매하는 물건 대부분이 추억을 자극하는 것이어서 그렇지 않을까 하고 추측했다.

　이를테면 가게 입구의 낮은 매대에 진열된 쫀드기, 꾀돌이, 아폴로 등 추억의 과자라고도 불리는 불량식품이 대표적이었다. 그러나 이 싸구려 과자에 담긴 추억이라 해봤자 '그땐 그랬지' 이상은 될 수 없는, 없어도 그만인 향수에 불과했다.

　어쨌든 달고나 여행사의 주인장은 매일같이 낮은 매대 옆의 플라스틱 의자에 쪼그려 앉아 버너에 불을 붙였다.

　날이 덥건 춥건 눈이 오건 비가 오건, 그의 손에는 막걸리 잔으로 쓰면 딱 맞을 양은잔이 들려 있었다. 그는 양은잔에 백설탕을 수북하게 부은 뒤 버너의 약한 불 위에 올렸다.

그런 뒤 나무젓가락으로 쉬지 않고 저으며 설탕이 눌어붙지 않도록 했다. 그가 달고나를 만드는 과정은 무언가를 만드는 과정이라기보다는 무언가를 기다리는 행위 같았다.

이런 퍼포먼스 때문일까. 달고나의 추억에는 보통 불량식품과는 다른 뭔가가 있었다.

완성되어 굳어진 달고나는 비록 다 같은 맛이지만 찍힌 문양이 달랐다. 달고나를 둘러싼 아이들은 문양을 무사히 발굴해내기 위해서 고대 유물을 발굴하는 고고학자처럼 집중했다. 그리하여 마침내 성공했을 때는 그 난이도에 따른 보상이 주어졌다. 물론 실패하면 꽝이지만.

손바닥보다 작은 설탕 덩어리에 집중했던 추억과 그 결과로 맛보았던 성취, 좌절의 기억. 비록 늙은이에 한해서라지만 달고나는 다른 추억의 과자와는 차별적인 지위를 누릴 자격이 충분했다.

물론 달고나의 이런 우월한 지위에도 불구하고 분자요리가 대중화된 시대에 사는 사람들로부터 해묵은 추억을 끄집어내기는 쉽지 않았다. 그런데도 매일 기름진 냄새 사이로 홀로 단내를 풍기는 달고나 여행사의 주인은 거리의 수행자처럼 보이기도 했다.

"할아버지, 저거 그거 아냐? 그…… 이름이 뭐더라……."

"허허, 여기서 달고나를 볼 줄이야. 저게 아직도 있었구나."

남자는 삼십대, 여자는 이십대로 보였다. 그런데 여자는 남자를 향해 할아버지라 불렀다. 많아야 서른 후반으로 보이는 남자는 결코 그 나이로 보이지 않는 너털웃음을 지으며 달고나 여행사로 다가왔다.

"거참, 요즘 세상에 달고나를 다 보네요. 우리도 한번 해볼 수 있겠소?"

못해도 수열보다 서른 살은 어려 보이는 사내가 또래에게 묻듯 물었다. 그러나 수열은 전혀 불쾌한 기색이 없었다.

그는 슬쩍 젊은 외양의 남녀를 올려다본 뒤 고개를 돌려 턱으로 매대를 가리켰다. 매대의 옆에는 큰 글씨로 가격이 적힌 형광지가 붙어 있었다.

달고나 체험비 3만 원.

고작 달고나 하나 사 먹는 가격이라고 생각하면 터무니없었으나 체험비라고 적어놓으니 나름 수긍할 만했다.

손녀는 그다지 내키지 않는 눈치였으나 손녀와 팔짱을 끼고 있던 사내는 이미 플라스틱 간이 의자에 걸터앉은 상태였다. 체험은 사내 혼자 하기로 해서 손녀는 곁에서 사내의 설명을 들으며 지켜보기만 했다. 손녀는 백설탕이 황갈색으로 변해가는 과정을 골똘히 들여다보고 있었지만 다른 생각에 빠진 얼굴이었다.

수열이 넌지시 여자를 바라보며 입을 열었다.

"젊은 사람이 달고나를 알아?"

순간 여자의 눈이 커졌다. 무슨 이유에선지 얼굴에서 당혹감이 번졌다.

"몰라요. 제가 애 이름을 어떻게 알았겠어요?"

여자가 수열에게 향했던 시선을 달고나로 옮기며 말했다. 그러나 수열의 시선은 여전히 여자의 얼굴에 고정되어 있었다.

"아닌데. 아까 분명 아는 것처럼……."

"글쎄 모른다니까요."

수열이 뭔가 더 캐물으려 했으나 여자는 반강제로 할아버지라 부르는 젊은 사람의 팔을 붙잡아 일으켰다.

"아고고. 인석아, 할애비 무릎 나간다."

젊은 사람은 늙은이처럼 짧은 신음을 내며 몸을 일으켰다. 젊은 사내의 몸을 대여하고 있다지만 오래된 습관까지 바꿀 순 없었다.

"엄살 부리시긴. 그만 가요. 재미없어."

"왜? 옛날 생각나고 좋은데."

"비싼 돈 주고 빌린 몸인데 고작 이런 걸로 시간 다 보낼 거예요? 그냥 다른 거 하러 가자, 응?"

여자는 기어코 사내의 팔짱을 끼고 달고나 여행사를 떠났다. 수열은 뭔가 미련이 남는 듯 멀어져가는 두 사람의 뒷모습에서 시선을 떼지 못했다. 그러는 사이 젓기를 멈춘 양은 접시에서는 단내와 탄내가 섞여 올라오기 시작했다.

"뭔 생각을 그리해? 다 타잖아."

언제 온 걸까. 달고나 여행사의 가장 오래된 단골 최상만이 지팡이로 버너를 가리켰다. 이어 그는 수열이 바라보는 두 사람에게로 시선을 들어 올리며 중얼거렸다.

"저것들 렌털이지? 이놈의 세상이 어떻게 되려고 저럴까. 말세야, 말세."

최상만이 버너 위의 달고나 그릇을 치우며 한심하다는 투로 말했다.

"부러우면 그냥 부럽다고 해."

"부럽긴 누가 부럽다고 그래! 사람이 제 나이대로 살아야지 욕심대로 살면 흉해."

최상만은 이제 손톱만큼 작아진 남녀를 향해 지팡이로 부질없는 삿대질을 해댔다. 그러다 지나치게 강한 부정이었음을 알아차리고 속내를 들킨 것 같아 한풀 꺾인 목소리로 말했다.

"망할 놈. 꼭 뼈 때리는 말을 해야 직성이 풀리지. 그건 그렇고 아직도 달고나 아는 사람만 보면 눈이 뒤집혀?"

자신을 한심하다는 듯 바라보는 최상만을 보며 수열은 긍정도 부정도 하지 않았다. 그러게 왜 달고나를 아는 사람만 보면 이러는 걸까. 젊은 사람이 달고나를 아는 낌새를 비추기만 하면 심장이 요동쳤다.

그 이유에 대해서는 수열 본인도 정확히 알지 못했다. 그의 기억은 6년 전을 기점으로 앞선 수년간의 기억이 공백 상태였다. 그런데도 그 사라진 기억 속에 있는 달고나에는 피돌기를 빠르게 하는 무언가가 있었다.

"쯧쯧. 아직도 포기 못 했네. 거, 어차피 기억나지도 않을 거 쥐어짜면 머리만 아프지."

"머리를 빠개서라도 기억만 난다면 손해 보는 장사는 아니지."

"뭐 좋은 기억이라고. 이 나이 먹고 보니 없애버리고 싶은 기억만 한 트럭이구먼."

"뭐처럼 살았나 보지."

"허허, 거참. 넌 기억상실이라 이거지?"

수열이 어깨를 으쓱하며 시치미를 뗐다.

"어차피 다 늙은 마당에 그냥저냥 사는 게 속 편하지. 빈대떡에 낮술이나 때려 붓자고."

술 이야기가 나오자 수열의 눈빛에 생기가 돌았다.

수열도 제 기억이 상실된 이유라면 알고 있었다. 6년 전의 사고, 그 끔찍한 사고를 감당하지 못한 뇌가 자체적으로 제어를 걸어버린 셈이었다. 기억하지 못하는 편이 나을 수도 있는 인생이란 것인가.

마음이 뒤숭숭할 때는 술만 한 게 없었다. 먼저 나서서 술을 찾는 편은 아니지만 권하는 자가 있다면 뿌리칠 이유가 없었다.

당장 빈대떡집으로 가자고 말하려던 찰나 손목의 스마트워치가 진동했다. 통화를 하는 수열의 표정이 점점 굳어갔다.

"바로 가겠소."

수열은 화가 난 것도 놀란 것도 같은 얼굴로 통화를 마쳤다.

"낮술은 다음에 먹어야겠어. 다녀올 동안 가게나 봐줘."

"봐주긴 뭘 봐줘. 손님도 없는 이놈의 가게."

"너도 손님이잖아."

"됐고. 술 안 마실 거면 어여 꺼져."

최상만이 더 이상 상대하기도 귀찮다는 듯 손을 휘휘 저었다.

"나 없다고 가게에서 술 먹지 말고."

"거 마누라도 아닌 놈이 잔소리는. 당장 꺼지라니까."

수열은 뭔가 더 할 말이 있는 듯했지만 입을 다물고 가게를 나섰다.

"쯧쯧. 니놈 팔자도 참⋯⋯."

멀어지는 수열의 뒷모습을 바라보던 최상만이 슬쩍 혀를 찼다.

✳

스마트워치에 찍힌 부재중 연락을 확인한 가은은 마음이 급해졌다. 병원에서 온 전화였다. 짧은 시간에 집중적으로 여러 번 연락이 왔다는 건 딸에게 다급한 일이 생겼다는 뜻이었다.

병원에서 오는 연락은 늘 두 가지 상반된 기분을 들게 했다. 기대와 두려움. 지금껏 수년간 병원에서 온 전화는 대부분 후자에 가까웠다. 그녀는 병원에 전화를 거는 동시에 낡은 전기차의 페달을 꾹 밟았다.

그녀에게는 열네 살 된 딸 도희가 있었다. 안타깝게도 도희는 6년 전 식물인간 판정을 받았고 이후 줄곧 병원에 누워 있었다.

1년, 2년…… 시간이 흐르는 동안 도희와 가은을 응원하던 이들이 하나둘 희망을 내려놓기 시작했다. 가은이 바쁠 때면 대신 간병을 맡아주던 간병인조차 이제는 그만 도희를 놓아주라고 종용했다. 하지만 어림없는 소리였다.

도희는 자발적으로 숨을 쉬었다. 비록 콧줄을 통해서지만 음식물도 섭취하고 있었다. 의식이 없을 뿐 몸은 성장하고 있었다. 팔다리가 길어졌고 작년부터는 가슴도 봉긋해졌다.

심해에 깊게 가라앉아 있는 의식 대신 몸이 말했다. 2차 성징을 맞이한 몸이 살아 있음을 여실하게 알리고 있었다. 이런 딸을 어떻게 포기하라는 말인가.

"선생님……."

진료실에 들어선 가은이 의사를 보며 말끝을 흐렸다. 전에 있던 담당 의사보다는 살가운 구석이 있는 사람으로 5개월 전쯤 새로 부임한 의사였다. 그러나 아무리 그런 의사 입에서 나온 말이라도 어감만 다를 뿐 별다른 내용은 없었다. 그의 말은 매번 가은의 심장을 철렁였다.

"다행히 심박수는 정상으로 돌아왔습니다만 올해 들어 부쩍 상황이 안 좋네요."

의사가 모니터에 머물던 시선을 가은에게로 돌렸다. 가은은 저도 모르게 한숨을 내쉬었다. 안도와 걱정이 뒤섞인 한숨이었다.

죄지은 사람처럼 고개를 떨군 가은을 보며 의사가 화제를 전

환했다.

"요즘 생활은 좀 어떠세요? 간호사 말이 연락을 잘 안 받으신다던데……."

"그게 일이 좀 많아서요."

1년 365일 병원에 입원 중인 딸의 병원비는 만만치 않았다. 이혼 상태인 남편과는 연락이 끊긴 지 오래돼서 도희는 가은 혼자 책임져야 했다. 보험금은 오래전에 바닥을 보였고 대출도 한계였다. 지금으로서는 일을 늘릴 수밖에 없었다.

"죄송해요. 제가 도희 곁을 더 지켜야 하는데……."

"보호자에게는 환자와 더불어 본인 건강도 챙길 책임이 있어요. 그 부분을 잊고 있는 게 아닌가 싶어 드리는 말씀입니다."

보기 드물게 상냥한 의사라지만 그렇다고 병원비를 대신 내줄 리는 없었다.

"제 걱정이라면 괜찮아요. 우리 도희만 회복될 수 있다면……."

뒷말을 잇기 어려운 가은은 손등으로 제 볼을 쓸어내렸다. 그 사이 볼의 골이 더 파여 있었다. 매일 네 시간도 자지 못하고 간병과 일을 병행해온 탓이었다.

의사가 염려하는 바를 이해하지 못하는 건 아니지만 그녀로서는 선택의 여지가 없었다. 역사상 가장 실업률이 높은 시대였고 돈이 된다면 뭐라도 해야 했다.

더군다나 막대한 병원비를 보조해줄 친정도 없었다. 아버지라는 사람이 있긴 했으나 제 한 몸 건사하기도 버거운 사람이었다.

가은은 아버지가 없다고 생각한 지 오래였다. 그러니 도희마저 없다면 그녀는 철저하게 혼자가 되고 만다. 상황이 이러니 그녀로서는 지금보다 더한 위험부담이라도 감수할 수밖에 없었다.

"그러시겠죠. 그래서 드릴 말씀이 있습니다. 도희의 재활과 관련해서요."

"재활이요?"

가은이 깜짝 놀라 반문했다.

의식 없이 누워만 있는 도희를 두고 재활이라니. 눈앞의 의사가 환자를 착각했다고밖에 생각할 수 없는 소리였다. 욕창이나 근육 구축 등을 방지하기 위해 주기적으로 몸을 움직이게 했지만 그건 재활이라 말할 만한 수준이 아니었다.

"무슨 말씀을 하시는 건지 모르겠네요. 재활이라니……."

"이해하기 쉽게 설명드릴게요. 아시다시피 도희는 장기간 신체 활동이 없다 보니 전반적인 신체 기능이 몹시 저하된 상태입니다. 그렇다고 혼수상태인 환자가 스스로 재활 운동을 하는 건 불가능하고요. 그러니……."

가은은 여전히 이해할 수 없다는 얼굴로 의사의 입을 바라봤다. 어차피 도희의 문제는 뇌에 있지 신체에 있는 게 아니라서 재활치료 쪽은 별개의 영역이었다. 물론 최근 도희의 신체 기능에 문제가 생기고 있다지만 혼수상태인 도희가 재활치료를 할 수 있는 방법 같은 게 있겠는가.

머릿속이 어지러워지는 가운데 불쑥 스치는 생각이 있었다.

이 의사가 하려는 이야기가 설마…….

"최근 들어 혼수상태의 환자도 재활치료를 할 수 있는 방법이 생겼습니다. 물론 어디까지나 신체 기능의 유지 및 발달 차원이지, 뇌 기능 자체가 회복되는 건 아니지만요."

가은은 여전히 도희가 의식을 회복할 수 있다는 희망을 붙들고 있었다. 그 희망만이 그녀의 삶 전체를 작동시키고 있었다. 뇌 기능 회복과는 직접적인 관련이 없다지만 신체가 건강해진다면 어떤 식으로든 도움이 될지도 몰랐다.

"설마 지금 신체 대여를 말하려는 건가요?"

"맞습니다. 정확한 명칭은 공유신체 재활입니다만."

공유신체라니.

가은은 주로 여행사에서 사용되는 개념을 여기서 듣게 될 줄은 꿈에도 몰랐다.

공유신체란 말 그대로 타인의 신체를 공유하는 개념이다. 이해하기에는 대여 신체라는 표현이 더 낫겠지만.

13년 전부터 지속된 장기간의 팬데믹, 그로 인해 모든 국경의 출입이 봉쇄된 게 지금처럼 공유신체 산업이 급성장하게 된 발단이었다.

나라 간의 물리적인 왕래와 교류는 정치, 비즈니스에 한해 극히 제한적으로만 허용됐다. 관광 차원의 왕래는 전면 차단된 것이다. 그로 인한 여파는 엄청났다. 몰락하는 산업과 새롭게 부흥하는 산업의 희비가 빠르게 교차했다. 그런 와중에 급부상한 산업 중 하나가 공유신체를 베이스로 하는 관광산업이었다.

가령 한국인이 루브르박물관에 가고 싶으면 프랑스에 거주하는 사람의 신체를 일정 기간 대여하는 방식이었다. 국내 공유신체 여행사에서 동기화 접속을 시작한 지 채 몇 분 지나지 않아 〈모나리자〉 원작을 감상할 수 있었다. 비록 타인의 몸이지만 그 타인이 보고 듣고 맛보는 모든 걸 제 몸처럼 느낄 수 있는 것이다.

물론 자동차가 아닌 살아 있는 타인의 몸을 임대하는 형태다 보니 까다로운 제한조건과 여타 문제가 뒤따르긴 했다. 하지만 공유신체의 매력은 이런 단점을 상쇄하고도 남았다. 그런 탓에 팬데믹이 종식되고 국가 간 왕래가 자유로워진 뒤로도 우려와 달리 공유신체 산업은 위축되지 않았다.

여행업을 제외하고도 공유신체를 활용하는 분야는 더 있었다. 대표적으로는 본래 몸으로는 할 수 없는 온갖 체험이었다.

한 여행사의 캐치프레이즈는 이런 공유신체 개념을 압축해 설명했다.

다른 사람의 인생을 누리세요.

이보다 정확한 설명이 있을까. 공유신체란 한마디로 정리하면 돈으로 타인의 시간을 사서 쓰는 개념이었다. 그렇다 보니 윤리적인 반발감 역시 무시할 수 없는 수준이었다.

아이러니한 건 그 윤리적 잣대가 공유신체를 소비하는 사람(게스트)보다 대여해주는 사람(호스트)에게 더 엄격하다는 점이었다. 그건 몸을 파는 윤락행위와 동일시하여 경멸하는 시선이 있어서였다.

그 자신도 공유신체의 소비자일지 모르는 사람들이 뒤에서는 판매자들을 경멸하는 이중적인 태도를 보였다. 이런 이유로 호스트는 대부분 자신이 호스트로 일한다는 사실을 비밀에 부치는 경우가 많았다. 가은도 그런 사람 중 한 명이었다.

가은이 확인차 물었다.

"여행사에서 말하는 공유신체 말인가요?"

의사가 말한 재활 방법이 그녀가 생각하는 개념과 같다면 잠깐이나마 부풀었던 기대는 순식간에 쪼그라들 것이다. 제 몸과 시간을 파는 건 가은 본인만으로 족했다. 어떤 명분으로든 딸에게까지 그런 경험을 시키고 싶지 않았다.

"비슷합니다. 도희와 동기화해서 대신 신체 활동을 해주는 방식이니까요. 다만 의료 용도이기에 절차 등……."

아직 가은의 속내를 모르는 의사는 차분히 말을 이어나갔다. 그러나 가은은 의사의 말을 듣고 있지 않았다. 공유신체에 관해서라면 그녀가 눈앞의 의사보다도 더 잘 알고 있었다.

의사의 제안을 따른다면 도희의 건강은 호전될 것이다. 다만 그 누구도 도희에게 접속시키고 싶지 않았다. 어린 딸의 몸에 모르는 이가 접속한다는 것 자체가 불쾌하고 혐오스러웠다. 어쩔 수 없이 누군가 도희에게 접속해야 한다면 그건 가은 자신이어야 했다.

"그런 거라면 엄마인 제가 해도 되지 않을까요?"

의사는 가볍게 고개를 저었다.

"그건 곤란합니다. 가족 간이라 해도 당사자의 동의 없이 공유 신체를 하는 건 위법이니까요."

"그렇다고 하면 도희의 공유신체 재활치료 자체가 불가능한 거 아닌가요?"

"물론 도희가 의사 표현을 할 수 없는 상황이니 원칙적으로는 그렇겠죠. 다만 최근에 의료 행위와 관련해서 일부 조건이 개선 됐습니다. 의료진과 보호자의 동의가 있다면 자격을 갖춘 재활 치료사에 한해 공유신체 재활이 가능하다고요."

다시 말해 그녀만 동의한다면 재활치료사가 도희의 재활을 도울 수 있다는 말이었다.

가은의 고민이 커지고 있을 때였다. 어디선가 날카로운 호출 소리가 들리기 시작했다. 가은 앞의 의사를 찾는 소리였다.

"가봐야겠네요. 제가 한 말 진지하게 고민해보세요."

의사는 가은을 남기고 급히 진료실을 빠져나갔다. 생각에 빠진 가은은 간호사의 눈총에도 일어날 줄 몰랐다. 그녀는 도희의 공유신체 재활 장면을 상상하고 있었다.

비록 의식은 재활치료사의 것이라지만 몸은 도희 그 자체였다. 도희의 맑은 눈을, 미소를 볼 수 있다는 의미였다. 심지어 목소리도 들을 수 있을 것이다. 그러나 아이의 몸을 누군지도 모르는 사람에게 맡겨야 한다는 점이 여전히 내키지 않았다.

단순히 간병 차원이 아니지 않은가.

28

우려되는 불미스러운 일이 두서없이 떠올랐다. 그러나 그녀가 결정을 망설이는 가장 큰 이유는 단순히 다른 사람의 의식이 딸의 몸을 조종하는 데서 발생할 수 있는 우려 때문이 아니었다.

자신이 없었다.

도희의 눈동자를, 미소를, 목소리를 보고 듣고 난 뒤 다시 죽은 듯 누워 있는 딸의 모습을 지켜볼 자신이 없었다. 그토록 간절하게 바라왔던 도희의 움직이는 모습을 본다면, 딸이 공유신체 상태임을 잊게 될까 봐 두려웠다.

608호의 문이 열렸다. 병실에 들어서던 가은이 보이지 않는 벽이라도 만난 듯 우뚝 멈춰 섰다. 그녀의 지쳐 보이는 얼굴에 잠시 당혹감이 스쳤다. 도희 곁에 늙수그레한 남자가 있었다.

"아빠가 여긴 어쩐 일이야."

가은이 못 본 사이 아빠 얼굴에는 주름이 더 늘어나 있었다.

그녀를 돌아본 수열의 동공 또한 흔들렸다. 그는 집주인 몰래 패물을 만지다 들킨 사람처럼 손녀의 볼을 어루만지던 손을 황급히 거두었다. 그리고 질문에 답하는 대신 좁은 병상 사이에서 전동 휠체어를 돌리느라 낑낑댔다.

"또 그냥 가려고?"

가은의 따지는 듯한 물음에 전동 휠체어의 움직임이 멎었다.

"병원에서 연락이 왔었다. 도희 상태가 안 좋은데 보호자가 자리를 비웠다고."

"일하는 중이었어."

"그래. 그랬겠지."

수열은 좀처럼 딸의 눈을 보지 못했다. 평소와 달리 목소리에서도 미세한 떨림이 묻어났다. 한동안 할 말을 잃은 듯 대치하던 부녀 중 먼저 입을 연 건 수열이었다.

수열은 고개를 돌려 도희의 얼굴을 보며 말했다.

"그새 많이 자랐구나. 너 어릴 때를 빼다 박았어."

가은은 아빠의 희끗희끗한 귀밑머리를 보자니 가슴에 물이 차는 것 같았다.

아빠 그새 더 늙었네요.

부녀가 이렇게 얼굴을 맞댄 건 거의 2년 만이었다. 6년 전 얄 궂은 운명이 두 사람을 이전으로 돌아갈 수 없게 만든 탓이었다.

"그만 가야겠다."

무릎 위에 있던 수열의 손이 전동 휠체어의 조이스틱으로 향했다. 그러나 수열의 앞을 막아선 가은이 길을 터주지 않았다.

이혼 후 홀로 아이를 키운다는 건 쉽지 않았다. 손을 빌릴 수 있는 사람은 나이 많은 아빠뿐이었다.

늦둥이로 가은을 낳은 탓에 수열은 또래의 아빠들보다 나이가 많은 편이었다. 그러나 가은에게 수열은 세상 그 어느 아빠보다 든든한 존재였다. 불과 6년 전까지만 해도 가은에게 수열은 그런 존재였다. 이 모든 것을 흔들어놓은 사고가 있기 전까지는.

지금 가은의 눈앞에 있는 아빠는 그때와 같은 사람이라 보기 어려울 정도로 초라했다. 단지 나이가 들어서만은 아니었다.

"언제까지…… 언제까지 피하기만 할 거야."

"피하긴 누가 피한다고 그래. 가게 문을 열어두고 와서 그러지."

수열은 말꼬리를 내리며 가은과 벽 사이의 틈을 지나갈 수 있을지 가늠했다. 그때 가은이 수열의 팔을 붙잡았다.

수열은 너무나 오랜만에 느껴보는 딸의 손길에 흠칫 놀랐다. 망설이던 수열이 고개를 들어 딸의 얼굴을 봤다. 딸의 얼굴을 보는 게, 생기 잃은 눈동자를 보는 게 숨 쉬기 힘들 정도로 버거웠다.

일종의 트라우마일 거다. 딸을 보면 딸의 전부를 앗아간 그날의 기억이, 아니 그날의 공포가 되살아날 것만 같았다. 그날의 기억은 나지 않지만 살아오며 그가 이룬 모든 것이 사라질 거란 공포, 이후의 삶은 죽지 못해 사는 삶이 될 거란 공포만은 여전히 생생했다.

6년의 시간이 흐른 지금도 마찬가지였다. 차라리 복역했다면 나았을까. 그날의 사고를 두고 언론과 사람들은 노욕이 부른 참사라고 비난했다.

수열은 그날의 사고를 기억하지 못했다. 그러니 어떤 항변도 할 수 없었다. 설사 그가 기억하지 못한 부분 중에 억울한 부분이 있다고 한들 달라질 건 없었다. 어쨌든 그로 인해 손녀가 6년째 의식불명인 건 뼈아픈 사실이었으니까.

일흔이 가까워지도록 노인이란 말은 다른 사람들 이야기라고 여겼던 수열은 비로소 깨달았다. 그는 늙은이가, 그것도 한심한 늙은이가 되고 말았다.

이제 그가 구원받을 수 있는 유일한 방법은 손녀가 깨어나는 것뿐이었다. 그러나 그 기적은 그의 손이 아닌 하늘에 달려 있었다.

6년의 세월이 흐르는 중에 수열이 걱정하는 대상은 서서히 바뀌었다. 언제부턴가 혼수상태인 손녀보다 가은이 더 걱정되었다. 잔인하지만 두 사람 중 한 사람만 선택해야 한다면 딸이었다. 그렇지만 도희를 잃게 된다면 딸이 제정신으로 살아갈 수 있을까.

2년 만에 본 딸은 여전히 죽지 못해 사는 얼굴을 하고 있었다. 바뀐 점이라면 눈가에 잔주름이 보인다는 것이었다.

어릴 때부터 유난히 예뻤던 아이가, 마흔이 되어가도록 고등학생처럼 어려 보이기만 하던 딸이 지금은 오히려 제 나이보다 많아 보였다.

단순히 마음고생 탓이라고만 여기기에는 조금 의아한 구석이 있었다. 딸의 고요한 눈동자가 불길해 보였다. 주위의 빛을 흡자지처럼 빨아들이는 것 같다고나 할까. 왜일까? 딸의 눈빛이 전혀 읽히지 않았다.

"안색이 안 좋구나. 무슨 일 있는 거니?"

수열은 어리석은 질문인 걸 알면서도 입 안에서 맴돌던 말을 뱉고야 말았다. 딸이 제 볼에 손등을 가져다 댔다. 뭔가 할 말이 있을 때 하는 습관성 행동이었다. 그러나 딸은 좀처럼 입 안에 머금고 있는 말을 내뱉지 않았다.

"병원비 문제니? 그런 거라면 얼마 안 되지만 내가 모아둔 돈이……."

"그런 거 아니야. 그냥…… 그냥 잠깐만 이렇게 있어."

수열은 그의 팔을 쥔 딸의 손이 미세하게 떨리는 걸 알아챘다. 지난 6년간 있었던, 자주라 할 수 없는 딸과의 만남은 늘 이런 식이었다.

언어의 부재. 두 사람은 각자의 심정을 전달할 언어를 찾기 어려워했다. 그래서 겉도는 대화를 하다 어색하게 헤어질 따름이었다.

어쩌면 딸은 예전처럼 그의 팔에 매달리고 싶은 건지도 몰랐다. 그러나 이혼한 뒤로는 부쩍 속내를 드러내지 않았다. 도희가 이렇게 된 후로는 더 그랬다. 주위에서 걱정이랍시고 섣부르게 건네는 말이 듣기 싫어서가 아닐까 짐작할 따름이었다.

어쨌든 딸의 성격상 스스로 해결 불가능한 순간이 오기 전까지는 좀처럼 아쉬운 소리를 하지 않을 것이다.

"아빠……."

수열은 판사의 판결문을 기다리듯 이어질 말을 기다렸다.

"나 몰래 계속 왔던 거 알고 있어."

"……."

"앞으로는 병원에서 연락 해도 오지 마. 기억 하나 못 하면서 죄인처럼 구는 거 이제 지긋지긋해."

팔에 닿았던 가은의 손이 떨어져 나갔다. 수열의 심장이 서늘해졌다.

알고 있었다. 풀 죽은 모습이 딸을 더 기운 빠지게 할 수 있다는 것쯤은. 다만 이 나이를 먹고도 알면서도 되지 않는 게 있었다.

아무리 마음을 다잡으려 노력해도 딸의 눈을 마주 볼 수가 없었다. 그저 딸의 시선이 그에게로 향하지 않을 때 힐끗힐끗 훔쳐 볼 뿐이었다.

"아빠 다 죽어가는 척하는 모습 보면 자꾸 그날로 돌아가게 돼. 그러니까 내 눈 피하지 않을 자신이 생겼을 때, 그때 와줘."

얼어붙은 것 같던 수열의 심장이 쿵쾅거렸다. 머리가 어지러웠다. 가은의 말이 메아리처럼 흐릿하게 들렸고 빨리 이 자리를 벗어나야겠다는 생각뿐이었다.

딸이 알던 자신의 본모습을 그는 알 길이 없었다. 알지 못하니 연기조차 할 수 없었다. 설령 본모습을 안다고 한들 짓누르는 죄책감을 이겨내고 돌아설 자신도 없었다.

그는 딸에게 주려고 들고 온 돈 봉투마저 까맣게 잊고 황급히 병실을 빠져나왔다. 등 뒤로 가은의 울음소리가 들렸고 그 울음은 병원을 벗어나도록 수열의 귓가에서 떨어지지 않았다.

후드티를 입은 소녀

§　　　　　　　　후드티를 입은 소녀　　　　　　　　§

수열이 병원에 다녀간 이후 불과 일주일 사이에 도희의 건강이 급속도로 악화됐다. 결국 가은은 도희의 공유신체 재활치료 동의서에 서명할 수밖에 없었다.

그녀는 잠깐이지만 수열에게 이 사실을 알려야 하지 않을까 고민했다. 하지만 이내 그만두기로 했다.

6년 전 사고 당시, 상대 운전자가 공유신체였던 탓에 아빠는 공유신체라면 치를 떨었다. 그건 가은도 마찬가지였다. 그러나 가은으로서는 더 이상 선택의 여지가 없었다. 실낱같은 희망이라도 가질 수 있다면 몇 번이고 할 것이다.

동의서에 서명한 바로 다음 날부터 도희의 재활이 이뤄졌다. 다만 재활치료가 이뤄지는 장소는 병원이 아니었다. 최초 공유신체 과정에는 동기화 기기가 필요한데 이 기기는 여행사만 소유할 수 있었다.

　도희와 가은을 태운 구급차가 도착한 곳은 공유신체 여행사인 걸리버의 본사였다. 구급차는 걸리버의 주차장으로 미끄러져 들어갔다.

　병원에서나 볼 수 있는 넓은 엘리베이터가 멈춘 곳은 12층이었다. 공유신체를 의료 목적으로 사용하는 것과 관련한 연구소가 있는 층이었다.

　사실 걸리버 여행사라면 가은에게도 익숙했다. 그녀가 호스트, 즉 호스트 바디로 일하는 회사였으니까.

　가은이 걸리버 여행사에서 일한 지도 햇수로 벌써 3년이 되었다. 일하는 와중에 도희 간병도 해야 하니 적게 일하고 많이 벌 수 있는 일을 찾아야 했고 그러다 공유신체 여행사를 접하게 됐다.

　호스트 업무는 사실 특별할 게 없었다. 그저 정해진 기한 동안 자신의 몸을 써도 된다는 서류에 서명만 하면 끝이었다.

　호스트가 수수료를 떼고 게스트에게 받는 비용은 전적으로 호스트가 어떤 등급으로 접수하느냐에 따라 달라졌다. 등급 기준은 일반적으로 호스트 바디의 상태 그리고 이용자가 호스트 바디로 할 수 있는 활동 범위에 따라 달라졌다.

　가은은 이 일을 시작한 초반에는 중간 단계인 골드 등급을 유지했다. 그러나 3년이 지난 현재 그녀의 등급은 로열이었다. 법적인 규제를 제외한 거의 모든 활동을 허용하는 등급이었다.

　로열 등급의 호스트가 받는 비용은 바로 아래 등급인 플래티

넘과도 세 배나 차이가 났다. 그런데도 호스트들이 로열 등급을 유지하는 기간은 대개 한 달을 넘기지 못했다. 정말 오래 유지한 사람조차 1년을 넘기기 어려웠다. 그런 로열 등급을 가은은 2년째 유지하고 있었다.

도희 목뒤에 게스트의 의식을 수용하기 위한 터미널칩과 커넥터가 해제된 이후에도 무선으로 동기화를 유지할 수 있게 해주는 공유칩이 삽입됐고, 발목에는 블랙박스 겸 위치추적 역할을 하는 스트랩이 채워졌다. 그런 뒤 수신용 케이블이 커넥터를 통해 터미널칩과 연결됐다.

이로써 호스트와 게스트의 동기화 준비가 끝난 셈이었다.

"그럼 시작하겠습니다."

책임 연구원의 말에 다른 연구원이 케이블과 연결된 기기를 조작했다. 그와 동시에 도희의 몸이 미세하게 경련을 일으키기 시작했다.

그 과정을 지켜보는 가은은 도희가 통증을 느끼는 것만 같아 눈시울이 붉어졌다. 그렇게 십여 분 지났을 무렵, 도희의 경련이 멎었다. 마침내 동기화가 끝난 것이다.

잠시 침묵이 흘렀고 가은의 신경은 온통 도희에게로 쏠려 있었다.

"어, 어떡해!"

지난 6년 동안 움직임이 없던 도희의 손가락이 꼼지락거렸다.

가은은 눈물을 참을 수 없었다. 움직이는 신체만 도희일 뿐, 의식은 도희가 아님을 알면서도 감정을 주체할 수 없었다.

"안대에 가려 있어 그렇지 이미 눈도 뜬 상태일 겁니다."

책임 연구원이 가은의 곁에서 말했다. 도희의 눈에는 갑작스러운 빛에 의한 손상을 방지하기 위해 가리개를 씌워둔 상태였다.

도희는 무리해 움직이지 않고 머리에서 먼 부위부터 조금씩 움직임을 키우기 시작했다.

"당분간은 누운 상태에서의 움직임만 진행할 겁니다. 입원해 있는 동안 인위적으로 몸을 움직여왔다지만, 그것만으로는 당장 정상적인 움직임을 하기에는 무리가 있으니까요. 그게 이 재활을 하는 이유고요."

가은은 책임 연구원의 말이 잘 들리지 않았다. 정신이 온통 도희에게 쏠려 있었다. 손가락, 발가락, 손목과 발목의 작은 움직임 하나도 놓칠 수 없었다. 발레리나의 우아한 몸짓도 이보다 아름다울 수는 없었다.

도희는 몸통에서 먼 부위부터 움직이기 시작했고 차츰 동작 범위를 늘려갔다. 무릎이 굽었다 펴지길 반복했고 목도 천천히 좌우로 움직였다.

가은은 딸을 안고 싶은 충동을 겨우 억누르며 지켜보았다. 그러다 도희의 입에서 바람 빠지는 듯한 목소리가 들렸을 때는 결국 참을 수 없었다. 6년간 사용하지 않은 성대는 의미를 담은 소리를 만들 수 없었지만 가은에게는 그 소리가 꼭 엄마를 부르는 갓난아기의 말처럼 들렸다.

가은은 도희에게로 다가가 손을 꼭 그러쥐었다. 도희의 손이 움찔했으나 곧 힘을 빼고 가은에게 맡겼다.

가은은 도희가 깨어난 게 아니란 걸 알면서도 가슴이 몽글거렸다. 기대라는 거품이 걷잡을 수 없이 부풀었다. 그 거품이 그저 터지고 말 가짜란 건 알면서도 요동치는 감정을 주체할 수 없었다.

우려했던 일이었다. 이제 이전으로는 돌아갈 자신이 없었다.

*

2개월 뒤.

공기에서 슬슬 가을 냄새가 났다. 아침저녁으로는 기운이 쌀쌀했다.

평소와 달리 달고나 여행사에서 설탕 단내가 풍기지 않았다. 슬슬 거리에 굴러다니는 낙엽이 눈에 띄기 시작해서일까. 손님 없는 가게는 동면을 준비하는 것 같았다.

점심시간이 지나도록 아무도 오지 않았다. 잘하면 손님이 될 뻔했던 행인 몇이 잠시 호기심을 보이며 스쳐 지났을 뿐이었다.

수열은 가게 유리창에 비친 제 모습을 물끄러미 바라봤다. 이제 따로 가을을 탄다고 하기에도 애매한 나이였다. 쓸쓸하기로 따진다면야 1년이 가을 같았다. 매대에 진열된 추억의 과자와 그가 뭐가 다를까 싶었다. 더군다나 그는 여전히 6년 전에 잃은 기억을 떠올리지 못하고 있었다. 과거를 기억하지 못한다는 건 삶이 쌓여갈 토대가 사라진 것과 마찬가지였다. 그러니 헛발질만 해댈 뿐 한 걸음도 나아갈 수가 없었다.

여느 때처럼 달고나 여행사의 첫 손님은 최상만이었다. 수열은 그가 오길 기다렸다는 듯 외출할 기미를 보였다.

"어디 가게?"

"병원."

"어디 안 좋아?"

"나 말고."

가게에 출근 도장을 찍자마자 쫀드기 하나를 석쇠 사이에 끼워 넣던 최상만이 중절모를 챙기는 수열을 우려의 눈으로 바라봤다.

"거, 딸이 오지 말라고 했다면서!"

수열은 대꾸하지 않았다. 두 달 전 가은과 맞닥뜨린 후 지금껏 병원에 들르지 않았지만 머릿속으로는 매일같이 들락거렸다.

언제까지 피하기만 할 거냐는 딸의 질책이 떠올라서인지, 수척하다 못해 병색이 엿보이던 딸의 낯이 걸려서인지, 그도 아니면 여전히 재킷 안주머니에 들어 있는 돈 봉투를 전해주고 싶어서인지 알 수 없었다.

아마도 병원을 빠져나올 때 들렸던 가은의 울음소리 때문일 것이다. 어릴 적에는 우는 모습마저 깨물어주고 싶게 귀여워서 종종 일부러 울리기도 했다. 그랬던 녀석이 언제 다 자라 그때의 저와 같은 딸을 둔 엄마가 된 걸까.

자식이 어른이 되어가는 과정은 끝없이 부모의 손을 떠나가는 이별의 연속과 다름없었다. 그러다 이젠 정말 내 품을 떠났다 싶었던, 분가한 자식의 눈물을 보게 됐다. 그건 일종의 신호였다. 부녀 사이에 반복해온 이별을 잠시 보류하자는, 아직 나는 당신의 보살핌이 필요하다는 구조 신호였다.

"오지 말랬다고 진짜 안 가냐? 봐주기 싫으면 지금 말해. 셔터 내리고 가?"

"아, 굽던 건 마저 구워야 할 거 아냐."

"알았다는 말을 별스럽게 하네. 다녀와서 술 살게."

수열이야말로 고맙다는 말을 에둘러 한 뒤 달고나 여행사를 나섰다.

수열이 하이퍼 튜브를 이용해 한국대병원 정문에 도착한 시간은 오후 2시 12분이었다. 통상 가은이 일을 나가고 없는 시간대였다.

막상 두 달여 만에 병원에 들렀더니 괜스레 조급증이 났다. 가은의 울음소리가 이명처럼 자꾸 들렸고 너무 늦어버린 건 아닌가 하는 걱정도 들었다.

어쨌거나 지난 6년이란 시간을 가장 힘들게 보낸 사람은 가은이었다. 그런데도 아비라는 작자는 자책만 하느라 허송세월을 보냈다. 언제까지 생각도 나지 않는 과거의 기억에 매몰돼 지낼 수는 없었다.

대학병원답게 병원은 문전성시였다. 카페와 편의점, 식당까지 자리한 로비는 얼핏 보면 병원 아닌 버스터미널 같았다.

로비에 들어선 수열은 요리조리 사람들을 피해가며 곧장 엘리베이터가 있는 방향으로 움직였다.

"어어?"

수열은 엘리베이터가 있는 모퉁이를 돌기 직전에 무언가를 보고 두 눈이 휘둥그레졌다.

'그럴 리가……. 잘못 본 거겠지.'

도희를 꼭 닮은 여자아이가 환자복이 아닌 후드티를 입고 있었다. 그 소녀는 곧 인파 속으로 사라졌다.

수열은 확실히 나이를 먹었다고 속으로 탄식했다. 아이돌 얼굴을 구분하지 못하는 건 오래됐지만 이제 손녀의 얼굴조차 또래 아이들과 구분하기 어려울 지경이 되다니.

바깥이 보이는 유리로 된 엘리베이터가 상승하는 동안 수열은 본능적으로 조금 전에 본 손녀를 닮은 아이를 찾아 두리번거렸다. 의심할 여지 없이 잘못 본 거겠지만 못내 잔상이 남았다. 형사의 촉이라고 할까.

6년 전 사고로 기억의 공백이 있다지만 본래 직업은 잊지 않았다.

그는 정년을 앞둔 형사로 마약계 소속이었다. 그래서일까. 간혹 말로는 설명할 수 없는 촉이 느껴질 때가 있었다. 형사의 촉이니 대부분은 좋은 일로 발동될 리가 없었다.

실은 두 달 전 가은을 보았을 때도 불길한 촉을 느꼈다. 그래서 어쩌면 오지 말라던 가은의 말에도 결국 오고 만 건지도 모른다.

엘리베이터가 6층에 이르도록 불길한 예감은 가시지 않았다. 수열은 서둘러 608호로 전동 휠체어를 몰았다.

'없어?'

병실 문을 연 수열은 당혹감을 감출 수 없었다. 도희가 보이지 않았다.

여느 환자라면 진료를 위해 잠시 자리를 비울 수 있겠지만 도희는 응급 상황이 아닌 이상 그럴 일이 없었다. 혹시나 하는 마음에 병실 번호를 다시 확인하고 도희 병상에 붙은 환자 신상표도 살폈다. 도희가 입원 중인 608호 병실이 확실했다.

'설마!'

가당치도 않은 생각이 들었다.

'도희가 깨어났다고?'

로비에서 본 도희를 닮은 소녀의 모습이 다시금 눈앞에 어른거렸다.

수열은 서둘러 병실을 나섰다. 곧장 엘리베이터로 달려가 하강 버튼을 누른 뒤 유리창으로 다가가 병원 정문 쪽에서 회색 후드티를 입은 소녀를 찾았다.

후드티 입은 소녀가 도희라면…….

말이 안 되는 가정이었다. 도희가 의식을 회복했다면 그에게 소식이 전달되지 않았을 리가 없다. 그럼 도희는 대체 어디 갔단 말인가?

조금 전 로비에서 후드티 입은 소녀를 보지 못했다면 좀 더 차분하게 생각을 정리할 수 있었을 것이다. 하지만 도희를 닮은 소녀의 잔상은 수열이 다른 생각을 할 겨를을 주지 않았다.

일단 후드티 소녀를 가까이에서 다시 확인하고 싶었다.

'있다!'

수열의 눈에 후드티 소녀가 들어온 것과 엘리베이터가 도착한 것은 거의 동시였다. 회전문을 통해 로비를 빠져나간 소녀는 후드티 주머니에 양손을 꽂고 어디론가 가는 중이었다.

수열이 탄 엘리베이터가 로비에 닿자마자 수열은 빠르게 전동휠체어를 몰았다. 곧장 정문의 회전문을 지나 소녀가 사라진 지상 주차장 방향으로 달렸다.

수열은 주차장 출구 근처를 배회하며 눈으로는 회색 후드티를 찾았다. 그러다 30여 미터 떨어진 지점에서 검은색 밴에 접근하는 소녀를 발견했다.

수열은 곧장 소녀를 향해 달렸다. 얼굴을 확인해야 했다. 그렇지만 소녀는 어느새 밴에 오르고 있었다.

"도희야!"

수열이 소녀를 향해 소리쳤다. 그러자 소녀가 한 발을 밴에 올린 채 돌아봤다. 도희였다. 도희가 맞았다.

"도희야!"

수열이 다시 한번 손녀의 이름을 부르짖으며 다가갔지만 소녀는 무심한 표정으로 밴에 올라탔다. 문이 닫히자 밴은 곧바로 움직였다.

수열은 여전히 상황을 이해할 수 없었지만 밴을 놓쳐서는 안 된다고 생각했다. 본능에 가까운 판단이었다.

그는 주차 차량 사이의 비좁은 틈을 가로지르며 밴을 쫓기 시작했다. 어떻게든 앞을 막아설 생각이었다. 그러나 주차장 출구를 벗어난 밴은 본격적으로 속도를 올리기 시작했다. 반면 수열의 전동 휠체어는 이미 한계에 다다랐다.

애초에 장애인용 전동 휠체어 따위로 밴을 따라잡기란 불가능했다. 마음 같아서는 휠체어 따위는 집어 던지고 두 발로 뛰고 싶었으나 다리는 6년째 감각이 없는 상태였다.

넓은 도로까지 추격에 나섰던 수열은 미처 발견하지 못한 프라이팬 크기의 포트홀에 휠체어 바퀴 한쪽이 빠져 몸이 뒤집혔다. 수열과 휠체어는 동시에 아스팔트 위를 나뒹굴었다.

"으윽……."

신경마비 상태인 두 다리를 제외한 모든 부위로 통증이 몰려왔다. 그런 가운데서도 수열은 스마트워치로 사진을 남기기 위해 멀어지는 밴을 향해 팔을 뻗으려 했다. 그러나 팔조차 뜻대로 움직여주지 않았다.

'2-9837, 2-9837, 2-9837…….'

수열이 말을 듣지 않는 몸뚱이로 할 수 있는 건 멀어지는 밴의 차량번호를 외우는 것뿐이었다. 수열은 스마트워치로 비서 앱을 불러내 차 번호를 저장했다.

끙끙거리며 다시 전동 휠체어에 앉은 수열은 가볍게 조이스틱을 작동해보았다. 팔걸이와 발 받침 일부가 찌그러졌지만 바퀴가 움직이는 데는 지장이 없었다.

그때였다. 앞서 사라진 것과는 다른 모델의 밴 한 대가 병원 쪽으로 빠르게 질주해왔다. 척 보기에도 규정 속도를 한참 웃돌았다.

검정 밴의 그릴에서 붉은빛과 파란빛이 어지럽게 교차했다. 경찰 차량이었다.

'강북경찰서 마약수사과?'

수열은 경찰차가 눈앞을 지날 때 측면에 프린트된 글자를 놓치지 않았다. 강북경찰서 마약수사과라면 수열이 재직하던 곳이다.

수열을 지나친 경찰차는 병원 주차장이 아닌 정문으로 직진했다. 수열은 뭔가 일이 터진 거라 직감했다.

병원은 마약성 약물도 취급하는 곳이다. 그래서 마약수사과의 주요 단속 장소 중 하나인 것은 상식이었다. 그렇다고 해도 조금 전 경찰차의 속도는 자율주행이 아닌 수동주행으로만 낼 수 있는 속도였다. 형식적인 단속 상황은 아니란 의미였다.

도희에게 일어난 일도 알아봐야 해서 수열은 서둘러 병원으로 돌아왔다.

6층 원무과로 향할 때 608호 앞을 서성이는 사내들이 보였다.

얼른 보아도 형사들이었다. 저 인간들이 비품실이나 행정실이 아닌 도희의 병실 앞에서 왜 진을 치고 있는 걸까. 뭔가 불길했다.

수열은 관심이 없는 척 자연스럽게 608호를 향해 다가갔다. 거리가 좁혀지자 형사들의 대화가 들리기 시작했다.

"여기가 확실해?"

"그렇다니까요."

"그런데 왜 아무도 없어? 용의자야 자리를 비울 수도 있다지만 입원 중이라는 애도 없잖아?"

"저야 모르죠. 제보가 틀린 거 아니에요?"

"그걸 말이라고 해? 다시 확인해봐. 정 형사는 원무과 가서 용의자 신상 파악하고 가능하면 몽타주도 따."

"네."

"여긴 박 형사만 남고 나머지는 나 따라와."

형사들은 수열이 듣건 말건 저희끼리 떠들어대다 부산스럽게 이동했다.

이게 다 무슨 일일까. 수열은 현 상황을 통 이해할 수가 없었다. 물론 형사들이 용의자를 체포하러 온 상황이고 그 용의자가 정황상 가은라는 것 정도는 추측할 수 있었다.

그런데 마약수사과에서 왜, 무슨 이유로 가은을 찾는단 말인가.

단순 착오여야 했다. 그런데 연이어 든 생각이 그를 긴장시켰다. 설마……

두 달여 전 딸을 만났을 때가 떠올랐다. 그냥 수척해졌다고만 보기에는 어딘가 설명이 부족해 보이는 얼굴. 낯빛은 창백했고 눈동자는 초점을 잃었다.

무엇보다 의아한 건 딸의 옷차림이었다. 가을옷이라기에는 지나치다 싶게 두꺼운 외투를 입고 있었다. 마치 뭔가를 감추기 위해서라는 듯.

여전히 모든 가정은 추측일 따름이었다. 그러나 오래전부터 품고 있던 한 가지 의문이 지금 상황에서 자꾸만 고개를 들었다.

가은은 도희의 만만치 않은 병원비를 어떻게 충당하고 있던 걸까?

보험금이 제법 된다고 들었다. 그러나 그 돈이라면 이미 바닥 난 지 오래일 거다. 그렇기에 두어 번 수열에게 손을 빌리기도 했을 거다.

아무리 저 쓸 몫을 아끼고 산다 해도 1년 내내 입원 중인 도희의 병원비를 충당하는 건 쉽지 않을 것이다. 국민의료보험 제도가 있던 옛날이라고 해도 부담스러울 판에 요즘은 더 말할 것도 없었다.

상황이 엮이면 엮일수록 가정은 불길한 방향으로 기울었다. 어쨌거나 가은은 그 많은 병원비를 혼자 힘으로 충당하고 있었다. 이제 의문은 '어떻게'였다. 가은은 어떻게 그 많은 돈을 마련해왔을까.

자세한 내막을 모르는 이상 조심해야 했다. 만에 하나 가은이 마약에 손댄 거라면…….

수열의 등줄기를 타고 삐질삐질 식은땀이 흘렀다. 당장 가은에게 연락해야 했다.

"어라? 저 혹시……."

608호 앞에 혼자 남겨진 형사가 자신을 지나치려던 수열을 보고 말을 걸어왔다.

수열은 아차 싶었다. 형사들은 도희의 존재까지 알고 있는 듯했다. 가은의 가족 관계를 파악하고 온 거라면 수열 또한 알아볼지도 몰랐다. 이대로라면 가은에게 연락할 기회가 없을지도 몰랐다.

긴장한 나머지 입에서 침이 말랐다. 도희가 사라진 것만 해도 혼란스러운데 어쩌자고 불미스러운 일이 계속 일어나는 걸까.

"맞네. 이야, 수열 선배님 맞으시죠?"

선배님? 분위기상 수열을 용의자의 가족으로 알아본 건 아닌 듯했다.

"저 모르세요? 후동이요, 박후동."

꽤 친한 사이였나? 그러나 눈앞의 형사와 수열은 나이 차가 족히 서른은 날 것처럼 보였다. 같은 팀이었다고 한다면 최고참과 막내 사이 정도였으려나. 기억이 날 듯하면서도 나지 않았다.

수열은 벙실벙실 웃는 박후동을 보며 어쩌면 지금의 상황을 알아낼 기회일지도 모른다고 생각했다.

"아. 선배님, 아직도 기억이 안 돌아……."

"아, 알지. 후동이! 이야, 그 핏덩이가 이제 현장도 뛰나 보네."

"어라! 이제 기억나세요?"

"그건 아니지만 자네 정도는 알아볼 수 있지."

박후동은 커다란 덩치와는 달리 외모는 귀여운 곰상이었다. 그래서인지 상대에게 호감과 신뢰를 심어주기 좋은 인상이었다. 형사보다는 서비스직에 어울릴 법한 얼굴을 보며 수열은 연기를 이어갔다.

"연락이라도 좀 주시지. 서운합니다."

"아서라. 누가 반가워한다고."

"저 있잖아요."

"그냥 하는 소리라도 고맙네. 어떻게 형사질은 적성에 맞고?"

"맞긴요. 그냥 먹고살라고 하는 일이죠."

"엄살이면 못 들은 척해줄게. 그게 아니면 일찌감치 때려치워. 더 늦으면 답 없어."

"선배님 입에서 이 짓 그만두라는 말도 다 듣네요. 사명감 같은 말만 하실 줄 알았는데."

수열은 사명감이란 말에서 가슴이 울렁거렸다. 그는 국가와 국민을 향해 헌신하는…… 뭐, 그런 진돗개 같은 인간에 가까웠으니까.

"말년에 꼴값깨나 떨었나 보군. 허허."

수열은 능청스러운 표정을 지으며 애써 호기를 부렸다. 그러나 실은 시간이 흐를수록 초조했다.

한시바삐 가은에게 연락해야 했고 이 후동인가 호동인가 하는 녀석에게서 지금 어떤 상황인지도 캐내야 했다.

"그건 그렇고 무슨 일이기에 떼 지어서 온 거야? 어디 약쟁이라도 숨어들었나?"

"눈치 하난 여전하시네요."

수열은 대화를 유도하는 느낌을 주지 않기 위해 깍지 낀 팔을 쭉 뻗어 스트레칭하며 짐짓 딴청을 부렸다.

"익명으로 제보를 하나 받았는데 그게 좀 찜찜해요."

"어떤 제보길래?"

"선배님 짐작처럼 마약 관련 제보인데 내용이 상당히 구체적이더라고요. 그래서 오히려 찜찜하죠. 아시잖아요. 요새 약 하는 놈들 거의 제 몸으로는 안 하는 거."

수열은 박후동의 말을 단박에 이해했다. 박후동은 이번 제보가 공유신체 상태로 약을 하는 사례와 관련이 있다고 보는 것이다. 실제로 정부나 언론이 쉬쉬해서 그렇지 공유신체를 퇴폐적으로 사용하는 사례가 적지 않다는 건 암묵적으로 다 알려진 사실이었다.

수열의 머릿속에 다시금 가은의 얼굴이 어른거렸다. 그저 헛짚은 거라면, 그저 아비로서의 지나친 기우라면 좋을 것이다. 그러나 박후동에게 들은 말은 앞서 들었던 염려를 불식시키기는커녕 더 키우고 말았다.

박후동의 말이 사실이라면 수열의 우려가 사실일 가능성도, 그로 인한 위험성도 더 높아졌다. 지금의 상황이 누군가의 계획에 의한 일종의 함정수사일 가능성이 짙다는 의미니까. 수열은 마음이 더 급해졌다.

"어쨌거나 고생이 많네. 내가 의사 면담 시간이 다 돼서 이만 가봐야 해. 다음에 보면 밥 한 끼 사지."

"넵. 만나서 영광이었습니다, 선배님!"

수열은 고개를 돌리지 않은 체 손만 가볍게 들었다 내렸다. 현재로선 자세한 내막을 알 길이 없으나 가은이 위험에 처한 것만은 분명했다. 가은이 형사들 눈에 띄면 안 된다.

수열은 박후동의 시야에서 벗어나자마자 가은에게 전화를 걸었다. 계속해서 누군가와 통화 중이던 가은은 한참 뒤에야 전화를 받았다.

"지금 어디니?"

수열이 숨 쉴 틈도 주지 않고 물었다.

"뜬금없이 무슨 소리야? 자, 잠깐만……. 아빠, 지금 병원이야?"

가은의 목소리가 어딘가 선명하지 않았다. 발음이 조금씩 뭉개졌다.

"묻는 말에 대답부터 해. 어디냐니까."

"아빠, 병원이지? 나 이, 이제 주차장이니까 얼굴 보고……."

"뭐?"

수열은 황급히 복도 창가로 다가갔다. 주차장을 살피는 그의 눈에 가은으로 짐작되는 사람이 보였다. 가은은 술에 취한 것처럼 비틀거리는가 싶더니 손으로 가로수를 짚고 잠시 멈춰 섰다.

"여기 오면 안 돼!"

"아빠…… 도대체 무슨 말이야. 나…… 지금 피곤하거든. 전화 끊을 테니까 이따가……"

"노가은, 너 약 했지?"

수열은 급한 마음에 가장 나중으로 미뤄두었던 말을 먼저 꺼냈다.

"약이라니, 무슨 약?"

"지금 병원에 마약수사과 형사들이 와 있다. 나랑 실랑이할 시간 없다는 말이야."

잠시 시간이 얼어붙듯 정적이 흘렀다.

"도, 도희는? 우리 도희는?"

비로소 현실 파악이 된 걸까. 웅얼거리는 것 같던 가은의 목소리가 단단해졌다.

"아빠, 도희는 괜찮은 거야?"

가은의 계속되는 물음에 수열은 머리가 지끈거렸다. 사실대로 말한다면 가은은 608호로 지체하지 않고 달려올 것이다.

"괜찮아. 하지만 네가 형사들 눈에 띄면 어떻게 되겠니. 너 잡혀가면 도희를 누가 봐."

"아, 아니…… 아빠, 나 잘못한 거 없는데…… 내가 왜……"

"지금 그런 얘기 할 때가 아냐. 넌 일단 종로에 가 있어."

"달고나에?"

"그래. 아빠가 여기 상황 좀 알아보고 다시 연락할 테니까 먼저 가 있어."

수열은 간절한 마음을 담고 가은을 바라봤다. 가은은 갈등이 심한지 손바닥으로 연신 제 머리를 치고 있었다.

딸아, 제발 말 좀 들어라.

"아빠⋯⋯."

가은의 목소리가 한결 차분해졌다. 그러자 수열은 오히려 불안했다. 가은은 중요한 말을 할 때면 생각에 잠겨 목소리가 낮아지는 경향이 있었다.

"도희 잘 있는 거 맞아?"

"그렇다니까. 지금 아빠가 있는 곳이 608호야."

"그럼 영상통화로 바꿔봐."

"가은아!"

"거짓말이네."

통화가 끊어졌다. 가은은 병원 문을 향해 빠르게 걷기 시작했고 수열 또한 황급히 로비 쪽으로 내려갔다.

로비에 도착한 수열은 가은을 찾아 정문 쪽을 두리번거렸다. 그러다 막 회전문을 통과해 들어오는 가은을 발견했다. 가은은 곧장 엘리베이터가 있는 방향으로 이동하고 있었다.

사람이 많아 아직 발견하지는 못했지만 형사들 역시 로비 층에 있을 가망성이 컸다. 형사들 눈에 띄기 전에 가은을 데리고 나가야 했다.

수열은 인파를 뚫고 가은에게 빠르게 다가가다 형사 한 명을 발견했다. 형사는 로비의 카페 테이블에 앉아 티 나지 않게 주위를 감시하고 있었다.

수열은 자연스럽게 가은의 곁으로 접근했다.

"가은아, 아빠가 다 말할게. 일단 나가자. 도희 여기 없어."

"이제 아빠 말 못 믿어."

가은은 수열을 돌아보지도 않은 채 계속 걸었다. 이미 형사들이 가은의 몽타주를 확보했어도 이상하지 않았다. 한시바삐 병원을 벗어나야 했다.

수열이 가은의 손목을 붙잡았다.

"도희는 제 발로 걸어서 병원을 빠져나갔다."

가은이 방전된 기계처럼 갑자기 멈춰 섰다. 수열은 가은의 반응을 통해 주차장에서 보았던 도희가 손녀가 맞음을 확신할 수 있었다.

"모르긴 몰라도 뭔가 수상해. 병원도 믿을 수가 없고. 일단은⋯⋯."

"이상해."

"⋯⋯."

"너무 이상해. 다 잘되고 있었는데 왜 아빠만 나타나면 이렇게 되는 거냐고."

쓸개라도 씹은 듯 단전에서 쓴맛이 올라왔다. 가은의 말이 틀리지 않아 부인할 수 없었다.

수열로서도 미칠 노릇이었다. 이런 빌어먹을 팔자가 어디 있

단 말인가. 딸 일에 엮이기만 하면 왜 낭떠러지로 질주하는 말 등
에 올라탄 꼴이 되는 걸까.

　그러나 신세 한탄할 여유는 없었다. 카페에 있는 형사가 무전
인 듯 혼잣말하는 것이 보였다.

　"신세 한탄은 도희를 찾고 나서 해도 늦지 않아. 그러려면 일
단 여기서 벗어나야 하고."

　그는 딸을 붙든 손에 있는 힘껏 힘을 주었다. 저항하면 질질
끌어서라도 데리고 나가야 했다. 어차피 피할 수 없는 팔자라면
이번에야말로 끝을 보게 될 것이다.

최상만은 하릴없이 달고나 여행사 앞을 서성거렸다. 그러다 차에서 내리는 수열과 가은을 보고 고개를 갸웃했다.

"두 사람 화해한 거야?"

최상만이 트렁크에서 전동 휠체어를 내려주며 넌지시 물었다.

"넌 그만 가봐."

수열이 차에서 전동 휠체어로 갈아타며 건조하게 말했다.

"엉? 다녀와서 술 산다고 했잖아?"

"오늘이라고는 안 했지. 딸이랑 할 얘기 있으니까 오늘은 자리 좀 비켜줘."

"그려. 뭐, 여기 아니면 갈 데가 없다. 자네 청승 떨고 있을까 봐 온 거지 나야 오라는 데 많다고."

그러나 최상만은 말과는 달리 갈 기미가 없어 보였다.

"이 친구야, 오늘 장사 끝났다고."

최상만은 결국 수열의 날카로운 눈빛에 데인 뒤에야 식사하다 말고 일어난 사람처럼 입맛을 쩍쩍 다시며 가게를 나섰다. 그러다 못내 발길이 떨어지지 않는다는 듯 가게로 돌아왔다.

"그럼 술은 언제……."

"빨랑 안 가! 확 그냥 술로 담가버릴라."

"간다고 가, 이 고약한 영감 놈아."

최상만은 수열에게 욕 한 사발을 얻어먹고 나서야 비로소 등을 보였다.

수열은 달고나 여행사로 이동하는 동안 병원에서 목격한 일을 가은에게 털어났다. 말을 듣는 내내 가은은 비교적 덤덤했다. 반응으로 보아 도희가 의식을 회복한 것 정도는 이미 알고 있는 것 같았다.

순서상 이제 가은이 수열의 의문을 풀어줄 차례였으나 그녀는 종로에 도착하도록 입을 꾹 다물었다.

차에 히터가 틀어져 있음에도 가은은 턱을 덜덜 떨기 시작하더니 점점 그 정도가 심해졌다. 그런 가은을 바라보는 수열의 눈빛에 근심이 고였다.

가은과 둘만 남게 된 수열은 가게 앞 매대를 치우고 영업 종료 팻말을 내걸었다.

가게에 딸과 단둘이 있는 건 처음이었다. 그래서일까. 늘 머물던 공간임에도 시간이 멎은 것처럼 사뭇 다른 느낌이 들었다. 가게에 감도는 잘 마른 나무 냄새조차 낯설게 느껴졌다.

"계속 입 다물고 있을 거야?"

가은은 수열이 물었던 마약과 관련해서는 여전히 입을 다물었다. 그러나 그 침묵으로 가은이 마약에 손댄 것을 확인한 셈이다.

수열은 이해할 수 없었다. 가은은 6년 전부터 쭉 도희를 간호하는 데 제 삶을 바치고 있었다. 가은이 마약에 손을 댔다면 이용자가 아니라 중간상이나 배달 쪽이어야 그나마 납득할 수 있었다. 가은에게 필요한 건 마약이 아니라 도희의 병원비일 테니까.

물론 다른 가능성이 전혀 없지는 않았다. 너무 힘든 나머지, 잠시나마 고통스러운 현실을 잊기 위해 약을 했을 수도 있다.

가은의 대답이 늦어질수록 수열은 불안했다. 머릿속으로 차마 입에 올리기 힘든 가정 하나가 끊임없이 떠올랐다. 앞서 떠올린 것들과는 성격이 조금 달랐다.

"너, 마약에 손댄 거 맞지? 대체 왜 그런 거야?"

"왜냐고? 아빠가 알면 뭐가 달라져?"

가은의 목소리는 날 선 동시에 심하게 떨렸다. 이런 반응 또한 약물중독의 금단증상일 수 있다.

가은이 복용한 마약이 정확히 어떤 종류인지 모르는 상황이지만 불안, 초조, 감정 기복의 심화, 환각 등은 마약 금단현상의 전형적인 증상이었다. 상상하기 싫지만 이미 가은의 뇌 일부가 손상되기 시작했을 가능성 또한 배제할 수 없었다.

"나 갈래……. 우리 도희 찾아야 해."

"가은아, 아빠 봐봐. 아빠 눈 봐."

"나…… 가야 한다니까. 가야 해."

가은은 당장이라도 뛰쳐나갈 것 같은 말과는 달리 양팔을 교차해 제 몸을 끌어안고 본격적으로 떨기 시작했다. 추워서 나는 오한이 아니었다.

수열은 서둘러 가게 구석으로 향했다. 그는 옷걸이에 걸려 있는 패딩 점퍼를 비롯해 옷가지를 손에 잡히는 대로 들고 와 가은에게 입혔다. 그러나 가은에게만 느껴지는 추위는 더욱 맹렬해졌다.

걷잡을 수 없이 몸을 떨더니 쓰러지듯 간이 소파에 모로 누워 애벌레처럼 몸을 웅크렸다.

수열은 난방기 온도를 올린 뒤 담요 등 덮을 수 있는 것을 추가로 공수해 왔다. 그런 뒤 약상자에서 수면제를 찾아 물과 함께 가은에게 먹였다.

"아, 아빠……. 나, 나……."

"괜찮아. 일단 한숨 자자."

수열의 손바닥이 가은의 볼을 감쌌다. 초조와 분노로 그의 손도 떨리고 있었다. 서서히 가은의 눈이 감겼고 감긴 눈에서 나온 눈물이 귀 쪽으로 흘러내렸다.

도대체 이 아이에게 무슨 일이 있었던 걸까. 왜 우리 부녀에게 이토록 시련이 끊이질 않는 걸까.

수열은 서서히 떨림이 잦아드는 가은을 보다 제 다리를 내려다봤다. 자극에 극도로 예민해진 가은의 몸과는 달리 장작처럼 깡마른 그의 두 다리는 바늘에 찔려도 통증을 느끼지 못했다.

빌어먹을. 이따위 몸으로 뭘 할 수 있을까. 제 한 몸 건사하기도 힘든 몸뚱이였다. 그러나 진짜 문제는 망가진 몸이 아니라 잔뜩 움츠러든 수열의 정신이었다.

수열은 6년 전 사고로 기억을 잃었다. 그리고 그 망각 증상은 일종의 트라우마기도 했다. 그날의 실체를 알 수 없는 두려움은 여전히 그를 억압했고 그 억압은 끊임없는 명령의 형태로 수열을 압박했다.

아무것도 하지 마라. 네가 뭔가를 하려고 할수록 너와 네 딸의 인생을 파괴할 것이다.

혹 이번에도 그런 게 아닐까. 두 달 전 도희를 보러 가서 가은과 만났던 일이 지금의 사태를 초래한 건 아닐까.

억측이었다. 그런데도 충분히 가능한 일인 것처럼 느껴졌다. 그래서 다시 달아나고 싶은 충동이 치밀었다. 그러나 한편에서는 이 나락에서 딸을 건져내야 한다는 부성애 또한 꿈틀거렸다.

'도희야!'

잠들었던 가은이 악몽에서 깨어났다.

꿈속에서 그녀는 도희와 함께 조깅을 하는 중이었다. 그런데 점점 도희의 뛰는 속도가 빨라졌고 반면에 가은은 러닝머신 위를 달리듯 좀처럼 나아가질 못했다. 도희와 가은의 거리가 점점 벌어졌다. 그렇게 악착같이 뛰는 가은을 멀찌감치 앞서가던 도희가 돌아보았다.

'징글징글해. 이제 그만 나 좀 놔줘.'

가은의 다리가 움직이지 않았다. 그녀는 멀어지는 딸을 황망히 바라볼 수밖에 없었다.

"일어났구나."

끔찍한 두통과 함께 아빠의 목소리가 들려왔다. 가은은 곧장 제 손목의 스마트워치부터 살폈다. 새벽 4시 23분이었다.

어둑어둑한 가운데 희미한 취침등만 켜 있었다. 그녀가 눈을 뜬 곳은 아빠의 직장이자 집이나 마찬가지인 달고나 여행사였다.

가은은 의식을 잃기 전 기억을 동시다발로 떠올렸다. 도희가 사라졌고 그녀는 경찰에게 쫓기는 신세가 됐다. 이곳으로 달아나 왔고 그러다 마약 금단증상으로 의식을 잃고 말았다. 한마디로 최악이었다.

도희의 공유신체 재활치료 과정을 지켜보는 건 짜릿했다. 도희를 움직이는 게 치료사의 의식임을 알면서도 희열을 느꼈다. 움직이는 도희는 그 자체로 가은의 머릿속을 마비시켰다. 비록 지금 도희를 움직이게 하는 건 치료사지만 머지않아 도희가 직접 움직일 거라는 희망의 싹이 얼어붙은 땅을 들썩였다.

그러나 한 가지 문제가 남아 있었다. 막대한 치료비를 마련하느라 무리했던 게 발목을 잡았다.

아무리 큰 보수가 따른다고 해도 약쟁이 게스트는 피했어야 했다. 이미 아빠도 그녀가 마약에 손댄 사실을 눈치챘다. 기억상실증에 걸렸지만 한때 강력계 형사였던 사람이니까.

엄밀히 따지면 가은의 몸을 임대한 게스트가 마약을 한 거지만 어쨌든 약물이 몸에 남은 건 가은이었다.

"몸은 좀 어떠니?"

"괜찮아요."

가은은 상체를 세우고는 가만히 아빠의 얼굴을 바라다봤다. 취침등만 켜진 탓에 아빠 얼굴에 음영이 짙게 드리웠다. 주름투성이 얼굴 속에 그녀가 기억하는 젊은 시절의 아빠가 간신히 보였다.

어린 가은의 방에는 그림 한 점이 걸려 있었다. 초등학생 시절 미술학원에서 그렸던 그 그림은 중학생, 고등학생이 되도록 같은 자리에 있었다.

그림 속 하늘에서는 결코 낭만적이지 않은 유성우가 쏟아지고 있었다. 유성우가 쏟아지는 위험천만한 벌판에 두 사람이 있었다. 아빠는 슈퍼히어로처럼 커다란 방패를 든 채 유성우와 맞섰고 그녀는 방패를 든 아빠를 뒤에서 끌어안고 있었다.

가은에게 아빠란 그런 존재였다. 그러나 지금의 아빠에게서 수호자의 모습을 떠올리기는 쉽지 않았다.

물론 우연일 거다. 그러나 우연이 반복되면 결코 우연으로 받아들일 수 없었다. 그녀를 둘러싼 재앙은 공교롭게도 그녀가 아빠에게 손을 내밀 때마다 발생했다. 더는 아빠에게 기댈 수 없었다. 그녀 스스로 이 상황을 헤쳐 나가야 했다.

"그만 가볼게."

"가다니, 어딜?"

"어디겠어?"

"병원은 안 된다. 병원이 아니라 다른 어디라도 안 돼."

수열이 단호하게 말했다.

가은은 어렵지 않게 아빠의 눈빛에 담긴 두려움을 읽을 수 있었다. 아빠에게는 손녀보다 딸이 우선이었다. 도희가 혼수상태로 지낸 시간이 길어지면 길어질수록 더 그랬다. 자신에게 상처가 될까 싶어 말을 아낀 걸 왜 모르겠는가. 그만 도희를 놓아주라고, 지인들이 했던 것과 같은 말이 수없이 아빠의 목울대에 걸렸음을 모르지 않았다.

이 부분이 수열과 가은의 결정적인 차이였다. 피차 딸을 위하는 마음은 같으나 두 사람에게 있어 딸은 다른 사람이니 말이다. 그러니 둘이 원하는 바는 결코 같을 수 없었다.

"병원이 아니라 경찰서로 갈 거야."

"경찰서라니? 거기가 어딘 줄 알고? 절대 안 된다!"

예상치 못한 가은의 말에 수열의 언성이 높아졌다.

"아빠, 지금 내가 구속되는 게 문제가 아냐. 알잖아. 나한테 도희가 어떤 의미인지……."

가은은 참았던 눈물이 도희 생각에 금세 차올랐다.

64

"조만간 수배가 떨어질 거다. 도망자 신세가 된다는 말이야. 네가 구치소에 들어가면 도희를 누가 찾겠니?"

"엄마가 마약 사범이라고 해서 그 딸을 안 찾지는 않겠지."

가은의 단호한 말투에 수열이 한숨을 길게 내쉬었다.

가은은 제 주장이 아빠에게 전혀 와닿지 않음을 알았다. 그녀 역시 그것이 물불 가리지 않는 무모한 계획이라는 걸 모르지 않았다.

도희를 찾아낸들 엄마가 구속된다면 누가 도희를 돌보겠는가. 그러나 선택의 여지가 없었다. 현실적으로 그녀 혼자서는 딸을 찾아낼 재간이 없었다.

"가은아, 아빠 말 잘 들어봐. 아무리 생각해도 경찰 쪽 움직임이 수상해 보인다. 꼭 약속이라도 한 것처럼 도희가 사라지자마자 널 잡으러 왔잖니. 설령 경찰이 도희를 찾아낸다고 치자. 그런들 네가 구치소에 있으면 누가 도희를 돌보겠니?"

수열의 말 역시 여전히 가은에게 와닿지 못했다. 두 사람의 대화에는 여전히 서로를 설득할 만한 강력한 한 방이 없었다.

가은은 생각했다. 설사 자신이 구속되더라도 도희만 찾아낸다면 법원에서 선처해줄지도 모른다고. 초범인 데다 돌봐야 할 자식이 있으니 저간의 사정을 참고해줄 거라고. 그러나 이어진 수열의 말은 가은의 희망을 단숨에 꺾어버렸다.

"솔직히 가장 의심스러운 건 병원이야."

이번만은 가은 역시 아빠의 생각에 동의했다. 그래서 더 절망

적이었다. 아빠에게서 도희가 제 발로 병원을 나섰다는 말을 들었을 때부터 가은은 충격에 휩싸인 상태였다. 도희의 공유신체 재활 활동은 병원 내에서만 이뤄지기로 합의된 상황인데, 도희가 병원을 벗어난 것 자체가 문제인 것이다.

병원 측은 통화에서 상황 파악 중이란 같은 말만 반복했다. 그러다 역으로 가은의 현재 위치를 물어오기도 해서 이미 병원 측이 경찰에게 협조하고 있다는 인상을 받았다.

가은은 여러모로 피해자였으나 순식간에 범죄자로 전락하고 말았다. 이제 외부의 누구와도 함부로 연락할 수 없었다.

*

어둠이 가시지 않은 시각. 서울 근교의 공사 중인 공터로 차량 두 대가 진입하고 있었다. 에스코트하는 세단 뒤로 자율주행 모드의 밴이 바짝 따라붙었다.

두 대의 차량은 공터 한쪽에서 먼저 대기 중이던 세단에게 접근한 뒤 멈춰 섰다. 그러자 먼저 대기 중이던 세단에서 정장에 선글라스를 쓴 민형식이 내리더니 조금 전에 도착한 세단의 뒷좌석으로 옮겨탔다.

"왜 앞에 안 타시고……."

"시간 없으니 바로 본론으로 들어갑시다."

운전석에 타고 있던 홍성익은 룸미러로 뒤에 앉은 사내를 흘

깃거렸다. 사내는 홍성익도 룸미러도 보고 있지 않았다. 그저 칠흑 같은 어둠이 내려앉은 창밖을 내다보고 있었다.

"상품 상태는 어떻소?"

"A급입니다. 운이 좋았어요. 혼수상태의 환자가 공유신체가 될 수 있는 확률은 극도로 낮으니까요."

홍성익이 A급이란 부분에 힘을 주며 말했다. 이미 돌이킬 수 없는 범죄행위에 가담했으니 보수라도 확실하게 받아내야 했다.

"보수에 불만이라도 있는 거요?"

눈치 빠른 민형식이 홍성익이 한 말의 저의를 알아채고 되물었다.

"꼭 그렇다기보다는 흔한 기회가 아니란 점을 말씀드리는 겁니다. 긴말할 거 없이 물건 보시면 아실 거예요."

"5천 코인을 더 얹어주지."

민형식이 건조한 음성으로 말했다.

5천 코인이면 원화로 5억 원에 해당하는 금액이었다. 혹시나 해서 찔러본 홍성익으로서는 횡재한 셈이었다.

"단, 패스워드는 의사 선생이 비밀 유지 약속을 이행했을 때 알려주겠소."

"기한이 따로 정해진 겁니까?"

"그건 때가 되면 자연히 알게 될 거요."

확실한 걸 좋아하는 홍성익은 그 말이 영 탐탁지 않았다. 그러나 굵은 저음의 민형식 목소리는 그 자체로 상당히 위압적이었다. 도저히 따지고 들 엄두가 나지 않았다. 어차피 약속에 없던 추가 보수인 셈이니 굳이 까탈 부릴 이유도 없었다.

"따로 주의 사항 같은 게 있소?"

"글쎄요……. 굳이 말씀드리자면 두세 달 전쯤 발작을 유도하기 위해 약물을 투여한 적이 있습니다. 뭐, 지금은 신경 안 쓰셔도 됩니다. 다만……."

홍성익이 말을 하다 말자 민형식이 룸미러를 통해 쏘아보았다. 어떤 인생을 살아야 저런 눈빛이 나올까 싶게 마주 보기 힘든 눈이었다. 그 눈을 보고 있자니 하려던 말이 쏙 들어갔다.

상품에 관해 한 가지 염려되는 부분이 있었으나 말을 삼켰다. 긁어 부스럼이라고 괜한 기우를 말했다가 나중에 받을 인센티브만 취소될 수도 있지 않은가.

홍성익은 하려던 말의 내용을 슬쩍 바꾸기로 했다.

"그게 보호자가 여간내기가 아닌 것 같아서 그게 좀 신경 쓰이네요."

"애 엄마가 하나 있다고 했던가?"

"네. 독종이에요."

"그래봤자지. 그거라면 의사 선생은 신경 안 써도 됩니다. 누가 묻거든 무조건 모른다고 잡아떼고 나한테 경과만 알려요."

그때 민형식의 스마트워치가 울렸다. 그가 스마트워치를 터치하자 인이어를 통해 부하의 목소리가 들렸다.

"상품 확인했습니다. 특이 사항 없습니다."

"굿."

민형식 얼굴에 한결 만족스러운 표정이 묻어났다. 그는 의사
의 어깨를 두어 번 두드리고 차에서 내렸다.

"아 참."

떠난 줄 알았던 민형식이 운전석 창문을 노크했다. 홍성익이
차창을 반 정도 내렸다.

"재활치료사 말이야. 의사 선생 라인이니 확실히 처리해주어
야겠소."

홍성익이 눈에 띄게 경직했다. 그는 마른침을 삼키고 떨리는
목소리로 물었다.

"주, 죽이란 말입니까?"

민형식이 너털웃음을 터뜨렸다.

"허허, 이거 참. 내가 지금 의사가 아니라 살수랑 손잡은 거요?"

긴장한 탓에 홍성익은 사내의 말이 의미하는 바를 알아채지
못해 눈만 끔뻑거렸다.

"누가 칼 드는 직업 아니랄까 봐 무섭네, 무서워. 눈에 띄지 않
게 잘 숨겨두라는 말입니다."

민형식이 가볍게 손을 흔들고는 제 차로 돌아갔다. 곧 민형식
이 탄 세단이 공터를 벗어났고 세단을 팔로잉 차량으로 인식 변
경한 밴이 따라 움직였다.

공터에 혼자 남게 된 홍성익은 비로소 안도의 한숨을 내쉬었
다. 이제 재활치료사만 잘 숨겨두면 될 일이었다.

그나저나 상품을 빼돌리는 타이밍에 마약수사과의 출현이라니. 그렇게까지 기민하게 움직일 줄은 몰랐다. 그로서는 그가 거래한 상대가 궁극적으로는 누구인지조차 몰랐다. 다만 상상 이상으로 치밀하고 거대한 조직이라는 건 확신할 수 있었다.

애초에 민형식이 그에게 접근한 것만 봐도 상당한 정보 수집력이 있는 조직이란 것쯤은 알 수 있었다. 그에게는 의사라는 번지르르한 직업이 있었으나 민형식의 제안을 수락할 수밖에 없는 개인적인 사정이 있었다. 접근한 타이밍으로 볼 때 민형식은 그런 사정을 다 꿰고 있던 게 분명했다.

어쨌든 한배를 타고 보니 이보다 든든할 수 없었다. 이들을 상대로 마약중독자인 아이 엄마 혼자서 뭘 할 수 있겠는가. 근 몇 년 그의 가슴을 짓누르던 일도 해결됐고, 이제 입만 다물고 있으면 5천 코인이 저절로 생기게 됐다. 이런 걸 두고 온 우주가 돕는다고 하던가.

　가은의 고개가 떨궈졌다.

　절망의 늪에 빠진 딸을 보는 수열은 가슴이 미어졌다. 그러나
상황이 상황인지라 마냥 위로할 수만은 없었다.

　모르긴 몰라도 딸이 모종의 음모에 휘말린 듯했다. 상대는 가
은의 손발을 묶으려고 시도해왔고 거의 성공한 상태였다. 지금
의 상황이 누군가의 의도에 의한 계획적인 음모라면 손 놓고 있
다고 능사가 아니었다. 그렇다고 무턱대고 움직여서도 안 되었
다. 지금 필요한 건 정보였다.

　"가은아, 단도직입적으로 물으마. 아무리 생각해도 네가 직접
마약 했을 리는 없어. 그래서 말인데 공유신체를 했던 거냐?"

　굳어버린 듯 아무 움직임이 없던 가은이 결국 힘없이 고개를
끄덕였다. 수열은 억장이 무너지는 듯했다. 비로소 가은이 약을

하게 된 경위가 눈앞에 그려졌다.

　사실 공유신체가 일상화된 지도 벌써 10년이 훌쩍 넘었다. 이제는 수많은 사람이 이용하는 여행 방식 중 하나였다. 그 밖에 다른 산업 분야 및 교육 현장에서도 널리 사용되고 있었다. 그러나 수열은 시대에 역행하듯 공유신체에 대해 지나칠 정도로 부정적이었다.

　이유가 없지는 않았다. 사실 공유신체 산업에는 어두운 면이 많았기 때문이다. 공유신체는 음지 산업에서 전방위적으로 사용되었다. 더군다나 외부로 드러나지 않을 뿐 실제 규모는 알려진 것보다 훨씬 방대할 것이다.

　마약도 그중 하나였다. 제 몸을 망가뜨리지 않고 마약을 즐기는 방법으로 공유신체를 활용하는 것이다. 물론 적지 않은 비용이 들지만 돈이 넘쳐나는 인간에게는 문제 될 게 아니었다.

　궁극의 쾌락을 추구하는 데 건강을 저당 잡힐 필요가 없다? 부자에게 이보다 강력한 유혹이 있을까.

　다만 소수의 인간이 안심하고 쾌락을 추구하는 데는 희생양이 필요했다. 가은은 그런 자들의 희생양이 된 것이다. 피차 거래인 셈이지만 저들은 선을 넘었다. 수열은 참을 수 없는 분노를 느꼈다. 하지만 화풀이할 대상이 없었다.

　이런 걸 부조리라고 하던가. 양자의 합의가 있다고 해서 다 공정한 것은 아니다. 합의에 앞서 전제하는 조건 자체가 수평적이지 않았다. 안타깝게도 인류의 역사는 시대를 막론하고 늘 이렇게 흘러갔다.

갑갑한 심정에 세상사에 관한 출구 없는 생각이 수열의 머릿속을 한 차례 헤집고 지나갔다. 분노는 잠깐이었고 서글프고 안쓰러운 감정이 치밀었다.

불쌍한 내 딸.

그간 홀로 의식불명의 어린 딸을 돌봤을 심정을 도저히 헤아릴 자신이 없었다. 낯짝에 철판을 깔고라도 더 자주 찾아가야 했다. 그래서 딸의 묶음 처리된 원망이라도 풀릴 때까지 들어주어야 했다.

"그동안 많이 외로웠겠구나……."

짧은 위로의 말이 오랜 시간을 돌고 돌아 제자리를 찾아갔다.

수열의 손이 닿자 가은은 감전이라도 된 듯 부르르 떨었다. 그녀는 무너지듯 무릎을 꿇고 수열의 장작개비처럼 깡마른 다리에 얼굴을 묻었다.

말없이 가은의 머리를 어루만지던 수열의 눈에도 못내 눈물이 맺혔다. 그러나 계속 슬퍼할 수만은 없었다. 아직 도희의 일에 관해서는 제대로 듣지 못한 상태였다.

"도희는 언제 정신을 차린 거니?"

수열의 물음에 가은이 몸을 일으켜 세웠다. 가은은 손바닥으로 제 볼에 흐르던 눈물을 훔쳐내며 감정을 추슬렀다.

"아빠가 본 건 도희가 아냐."

"그게 무슨 소리야? 틀림없이 도희였는데."

"그건 그런데…… 설명하자면 길어."

수열은 가은의 말이 마치 마음의 준비를 하고 들으라는 엄포로 들렸다. 가은이 그간 도희의 공유신체 재활 과정에 대해 읊어대기 시작했고 이야기를 듣는 수열의 손이 지끈거리는 관자놀이를 향했다.

딸에 이어 손녀까지 공유신체 경험이 있다니.

가은의 긴 이야기를 들은 수열은 적잖이 충격을 받았다. 혼수상태 환자의 재활에도 공유신체가 쓰일 줄은 상상도 하지 못했다.

수열은 처음부터 공유신체 기술이 마음에 들지 않았다. 이 획기적인 과학 혁명은 결국 가진 자의 특권을 극대화하는 것에 불과했다. 당연한 것처럼 가난한 사람은 가진 자의 예비 신체로 전락하고 있었다.

인류사에서 최근 십여 년은 타인의 육체를 빌릴 수 있는 시대가 열렸다고 기록될 것이다. 다만 신체는 공산품이 아니기에 빌려주는 사람(호스트)과 빌려 쓰는 사람(게스트)의 일대일 치환만 가능했다. 따라서 가진 것 없는 젊은이는 돈을 받고 제 젊음을 팔았고, 돈 많은 늙은이는 젊은 신체를 빌려 썼다.

늙은이 쪽으로 저울이 한참 기울었지만 수열은 그 기술이 달갑지 않았다. 물론 가진 것 없는 늙은이어서 부정적이라 말할 수도 있다. 형편대로 생각하기 마련이니까. 그러나 수열의 경우 꼭 그런 것만은 아니었다.

"어쨌든 당장은 도희의 재활치료사를 찾는 게 급선무겠구나."

"그런데 문제가 있어. 공유신체 재활치료사는 법적으로 신상 비밀을 보장받는다 했거든."

"그건 이런 사고가 터지기 전에 한해서겠지."

"그래도 병원 측이 순순히 들어줄까? 우리 같은 개인이 무슨 힘으로……."

"싸움은 힘으로만 하는 게 아냐. 보여줄 게 있다."

수열이 어딘가로 움직이기 시작했다. 가게 안쪽으로 들어가던 그는 골동품이 진열된 붙박이 선반 앞에서 멈춰 섰다. 그가 코끼리 조각상의 코를 잡아 내리자 선반이 옆으로 밀려나고 그 뒤로 사방이 뚫린 간이 승강기가 보였다.

"들어와."

수열이 먼저 비밀 장소로 들어갔다.

"이게 다 뭐야?"

승강기에서 내리자 지하 공간이 모습을 보였다.

"내 서재야. 당분간은 네 은신처가 되겠지."

가은이 놀란 건 지하에 비밀스러운 공간이 있어서가 아니었다. 이곳을 채우고 있는 많은 서류 뭉치, 프린트된 기사자료, 사진 자료, 인물관계도로 보이는 테스트지까지. 단순한 서재로 보이지가 않았다. 아빠는 여기서 뭘 하고 있던 걸까.

"이게 서재라고? 누가 봐도 수사본부 같은데?"

"뭐, 형사 출신 늙은이의 서재니까 그렇게 보일지도. 원래 주차장 공간인데 지금은 매립된 걸로 처리돼 있다. 나만 아는 장소 란 말이지."

수열이 쓴웃음을 지으며 앞장섰다. 그의 서재를 수사본부로 보는 것도 무리는 아니었다. 그가 이 서재에서 머무는 동안 해온 일은 사실상 수사라 봐도 무방한 것이었으니까.

"이건! 설마……."

가은이 벽 한 면을 가득 채운 텍스트와 이미지 자료들을 보며 입을 틀어막았다. 2045년 12월 18일. 프린트된 기사는 모두 이 날짜를 기점으로 몰려 있었다. 기사들은 하나같이 손녀와 할아 버지의 비극을 다루고 있었다.

"여태껏 그날 일을 조사하고 있었던 거야?"

수열은 대답 대신 자료가 따닥따닥 붙어 있는 벽으로 다가갔 다. 그는 벽면에 접한 테이블 위에서 3D프로젝트를 켰다. 그러 자 긴 막대와 연결된 동그란 형태가 나타났다. 얼핏 부채를 닮은 형상이 느릿하게 360도로 회전하기 시작했다.

"이게 뭐야?"

형태만 보면 부채 같기도 롤리팝 같기도 한 황갈색의 달고나 를 보며 가은이 물었다.

수열이 매일 가게 앞에서 만드는 게 저 달고나였다. 가은이라 고 모를 리 없었다. 가은이 궁금한 건 왜 이 타이밍에 달고나를 보여주냐는 것이었다.

생각해보면 이상했다. 형사를 그만둔 후 차린 가게가 왜 하필 추억의 물건을 파는 잡화점이었는지. 그리고 그중에서도 저 달고나는 도대체 뭐길래 가게 이름에 사용할 정도로 집착을 보이는 건지.

"줄곧 의문이었다. 6년 전 사고가 과연 우연이었는지. 어쩌면 그저 우연이라 넘겼을 수도 있었을 거다. 내 손에 남아 있던 이 달고나 그림을 보지 못했더라면."

형사의 손바닥에 그려진 조악한 달고나 그림. 그것을 단순한 낙서로 여길 수 있을까.

6년 전 사고 이후 수열의 남은 인생은 급격히 꼬이기 시작했다. 본인을 포함해 딸의 인생까지 진흙탕이 되어갔다. 하반신 불구가 된 수열은 공백이 된 기억의 유일한 단서인 달고나 그림을 수시로 떠올렸다.

몇 년간의 기억이 사라졌다고 살아온 흔적까지 사라진 것은 아니었다. 그는 수사 일지와 수사 수첩, 일과표 등의 기록을 살펴보며 사라진 기억의 조각을 맞춰나가기 시작했다.

바탕이 되는 기억이 없으니 자료를 맞춰본들 매끄럽게 연결되지는 않았다. 그래도 계속해서 시도한 끝에 조각이 부족한 퍼즐을 맞추듯 엉성하게나마 짜 맞춰볼 수는 있었다.

"아빠 예상이 맞다면 이 달고나는 그날 사고의, 아니 그날 사건의 진실을 알아낼 핵심 단서다."

가은은 그간 전혀 예상하지 못했던 아빠의 행적에 놀랐다. 그저 패배자의 모습으로 하루하루를 무기력하게 보내고 있다고만 생각했다. 그런데 실은 돌이킬 수 없는 과거를 어떻게든 바로잡아보고자 외로운 투쟁을 해왔던 것이다.

"그걸 왜 이제 말하는 건데? 왜 지금껏 숨겼던 거야?"

"그건……."

"아냐. 말하지 마. 지금 중요한 건 도희를 찾는 거야. 6년 전 진실 같은 게 아니라."

수열의 눈가가 떨렸다. 수열 역시 가은 못지않게 지금의 상황이 고통스러웠다. 이제 그는 그날 이후 알아낸 모든 진실을 가은에게 털어놓을 것이다. 그 이후가 두렵더라도 말해야만 한다. 설령 그날의 사고가 우연이 아니라 수열 자신 때문에 생겼다 하더라도 말이다.

"물론 찾아야지. 그러려고 널 여기로 데리고 온 거니까."

수열은 호흡을 고른 뒤 말을 이어갔다.

"나는 6년 전 일과 어제의 일이 무관하지 않다고 생각한다."

"말도 안 돼……."

"억측이 아냐."

수열이 테이블 위에 쌓인 서류뭉치 위에 손바닥을 올렸다.

"이게 다 그 근거니까."

수열의 손 밑에 있는 서류 뭉치는 수열이 6년 전 사고를 당하기 전까지 수사하던 사건과 관련한 자료였다. 사고로 기억을 잃고 퇴사하게 될 당시 서에서 챙겨온 것들이다.

결론부터 말하자면 이 자료 중에는 수열의 수사 수첩에 기록

된 수사 과정과 일치하는 내용이 전혀 없었다. 수열이 실제로 진행하던 수사 내용이 서의 자료에는 전혀 없다?

두 기록 간의 불일치는 그 자체로 중요한 단서였다. 서에서 그의 수사 자료를 의도적으로 빼돌렸다고 볼 수 있는 정황이니까.

그러나 그는 이미 형사를 그만둔 상태였다. 기억과 수사권을 모두 상실한 그가 단독으로 수사를 진행하기는 무리였다. 다만 수열은 직접 기록해둔 자료를 토대로 잃어버린 기억 속에 있을 그날의 진실을 얼마간 파헤칠 수 있었다.

수년에 걸친 단독 수사는 더디게 진행됐다. 그러나 그는 포기하지 않았다. 그 결과 밝혀낸 핵심 사항은 이랬다.

수열은 공유신체 범죄와 관련한 수사를 진행하다가 사고를 당했다. 그 사고는 단순 사고가 아닌 계획 범죄였을 가능성이 짙었다. 경찰 내부에도 적을 돕는 자가 존재한 것이다.

어제 발생한 사건도 비록 방식은 다르다지만 과거의 사건과 닮은 구석이 있었다. 사전에 치밀하게 계획된 범죄라는 냄새가 풀풀 났다.

"누군가 6년 전 내가 수사하던 사건을 의도적으로 은폐했어. 아마도 경찰 조직 내부에도 조력자가 있는 것 같고. 추측대로라면 그날 사고도 내 수사를 막으려고 저질렀을 거야."

"자, 잠깐만 아빠. 그러니까 아빠 말은 그날 사고가 단순한 교통사고가 아니라는 거야?"

"그래."

"그…… 그걸 언제 알았는데?"

"3년 정도 됐다."

사실 수열은 6년 전 사고로부터 3년의 시간이 흘렀을 때 이러한 정황을 모두 파악했다. 결과적으로 그가 형사여서, 남들 다 말리던 수사를 앞장서 진행한 이유로 그날의 참극이 벌어진 것이다.

그렇기에 알아낸 것을 가은에게는 선뜻 말할 수 없었다.

"말도 안 돼. 그걸 알았으면서 지금까지 숨겨왔다는 거야!"

"숨기려 했던 건 아냐……."

손녀가 그렇게 된 게 그저 불운해서가 아니라 전적으로 자신 때문이란 말을 하기가 쉽지 않았다. 차라리 단순 사고이길 바랐다. 그러나 수사를 진행하면 할수록 우연한 사고가 아닌 계획적인 범죄로 추가 기울었다.

"겁이 났다. 이 모든 비극의 원흉이 나 때문이라고는……. 차마 입이 떨어지지 않더구나."

둘 사이에 정적이 흘렀다. 입 밖으로 나오는 말만 없을 뿐 두 사람의 머릿속에서 수많은 말이 뒤엉켜 순서를 다투었다. 그러나 미안하다, 괜찮아, 힘들었겠네, 잊어버려, 외로웠겠다 같은 말 중 어느 것 하나 쉽게 나오지 못했다.

"운이 없었던 거 알아. 아빠 탓 안 할게, 그런다고 달라지는 건 없으니까. 솔직히 이 지하실 보고 나니까 조금은 든든해졌어. 그래도 의논할 사람이 있는 거잖아. 나 또 언제 금단증상 나타날지 몰라. 계획을 세우려면 제정신일 때 해야 해."

"고맙구나."

이런 상황에 기쁘다는 표현은 어울리지 않았다. 그런데도 뭐랄까, 수열은 멈춰 있던 시간이 조금은 흘러가는 듯한 기분이 들었다.

"우선 도희 재활치료 과정부터 되짚어볼 필요가 있어. 재활치료사는 직접 본 적이 없다고 했지?"

"어. 의료법으로 비밀 신분을 보장받는다고 했어."

"그래. 그렇다고 치고 그 의사는 이름이 뭐였지? 도희 재활을 권유했다는 의사."

"홍성익."

"그 의사, 최근에 새로 부임했다 했지?"

"오륙 개월 전쯤 왔을 거야."

"그래……."

현재로서 도희의 유괴와 유일한 접점은 한국대병원이었다. 도희를 태우고 달아났던 밴 사진도 찍었지만 이런 경우 백이면 백 대포차일 것이다. 차량번호로 놈들을 추적하기는 무리였다. 일단은 병원부터 파고들어야 했다.

"혹시 게스트가 네 몸으로 마약을 한 게 언제부터인지 기억하니?"

"정확히는 모르겠고 아마 올봄 무렵일 거야. 근데 그건 왜?"

수첩 위에서 미끄러지던 수열의 펜이 움직임을 멈추었다. 잠시 후 펜은 기록한 내용 중 두 곳에 동그라미를 그렸다. 의사가 부임한 시기와 가은이 마약을 한 시기가 샌드위치처럼 겹쳤다. 상황이 이렇다 보니 여름 이후로 도희의 건강 상태가 급속히 악화가 된 것도 수상했다.

"일단 홍성익을 만나봐야겠다."

말은 이렇게 했지만 당장 홍성익을 만날 수는 없었다. 그에 대한 사전 정보 없이는 만나도 할 수 있는 게 없었다. 그렇다고 수열이나 가은이 완력으로 협박할 수 있는 조건도 충족되지 않았다.

결국 문제는 시간이었다. 유괴 사건의 핵심은 골든타임을 넘기지 않는 것. 그러나 현실적으로 골든타임 안에 해결을 보기는 불가능했다. 정식으로 수사권을 갖고 함께 움직일 동료 형사들이 있다면 모를까.

*

"품종, 잉글리시 스프링거 스패니얼. 피모색은 적갈색과 흰색 혼합에…… 에이씨 됐고, 몽타주는 사진 참고해."

편광 선글라스를 쓴 사내는 홀로 어둑한 사무실 소파에 앉아 있었다. 그는 반려견을 찾아달라는 의뢰를 수행하기 위해 AI 비서에게 구두로 정보를 입력하는 중이었다.

"해당 사진은 규격화된 비교 대상이 없는 사진으로 목표 대상의 구체적인 크기를 상정하는 데 한계가 있습니다. 규격을 입력

해주세요."

"어깨높이 50센티미터 내외. 몸길이는 꼬리 빼면 80센티미터 내외, 꼬리까지 하면……."

AI 비서 때문에 일이 손쉬워진 건 두말할 필요 없었지만 초반에 데이터를 입력하는 과정이 영 성가셨다. 아무리 기술이 발달했다고 한들 결국 사람이 컨트롤해야 했다. 제아무리 좋은 기술도 써먹는 사람 나름인 것이다.

"아, 겁나 귀찮네. 내가 비서냐, 네가 비서냐?"

"몰라서 물으시는 건 아니시겠죠? 농담으로 인식되는 질문이지만 재미는 없네요. 농담을 줄이시는 편이 좋겠습니다."

사내는 선글라스를 소파 테이블에 던지다시피 내려놓고 마른 세수를 거칠게 했다. 얼굴에서 손바닥을 치우자 주름진 눈가가 고스란히 노출됐다.

"정나미 없는 놈 같으니라고."

노수열을 떠올린 최상만은 어이없던 어제의 기억이 떠올라 저도 모르게 코웃음을 쳤다.

기껏 가게를 봐줬더니 바퀴벌레 내쫓듯 쫓아내? 같이 늙어가는 주제에 패씸한 놈. 딸내미 앞이라 이건가.

당분간은 달고나 여행사에 들르지 않을 생각이었다.

피차 옆지기 없이 늙어가는 처지에 벗 귀한 줄 알아야지.

그는 기분전환이나 할 겸 헤드셋을 끼고 음악을 틀었다. 20년 전에 활동했던 아이돌 노래가 흘러나왔다. 한국 가수 최초로 빌

보드차트에서 10주 연속 1위를 기록한 보이그룹이었다.

일흔이 목전인 나이에도 한 시대의 심벌이 된 청춘들의 노래를 듣노라면 과거 이들의 영광이 마치 자신의 것처럼 되살아나는 기분이었다.

한창 흥이 돋으려던 때에 익숙한 목소리가 헤드셋을 타고 울렸다.

"문 좀 열어."

스마트워치와의 연동으로 노랫소리가 줄어들면서 인터폰 소리가 들렸다.

"최상만, 안에 있는 거 아니까 문 열어."

노수열? 최상만의 얼굴에 당혹감이 스쳤다.

"내가 지금 헛것을 보는 건가?"

최상만이 열린 문 앞에 있는 수열을 보며 당혹감을 내비쳤다.

"죽을 때가 됐나. 나야말로 헛것 보는 것 같네."

수열이 배기팬츠에 오버 사이즈의 노란색 후드티를 입은 최상만을 훑어보며 입을 떡 벌렸다.

"어떤 게 진짜 모습이야? 힙합 전사? 아니면 지팡이 든 노인?"

"대외비로 해두자고. 이래 보여도 나름 작업복이니까."

"아주 참신하다 못해 소름이 돋네. 아, 언제까지 세워둘 건데?"

"쭉 앉아 있었으면서."

최상만이 문틀에 팔꿈치를 괴고는 거만하게 내려다보았다.

"나이 먹고 장애인 놀리면 재밌냐?"

"나이 들면 재밌어도 안 되냐?"

수열은 맥락에도 맞지 않는 말대꾸에 응하는 대신 제설차를 몰듯 전동 휠체어로 밀고 들어갔다. 스무 평 남짓한 공간에 컴퓨터와 노트북, 이런저런 공구와 게임기, 스피커 따위가 보였다.

수열이 바닥에 어질러진 물건을 피해 컴퓨터 근처로 다가갔다.

"생각해보니 이상하네. 내가 주소를 알려준 적 있었나?"

최상만이 수열을 뒤따르면서 고개를 갸웃했다. 태연하게 물었지만 제법 날카로운 지적이었다.

"없지. 주소는 알려준 적이 없는데 뭐 빌어먹고 사는지는 말한 적이 있지. 이 동네에 흥신소가 얼마나 되겠냐?"

"흥신소라니. 요즘 세상에 누가 그런 말을 써. 하기야 달고나나 파는 네가 전문 서치 사무소를 알겠냐."

"개 찾는? 헛소린 줄 알았더니 진짜 일을 하긴 하네."

수열이 모니터에 띄워진 사진을 보며 말했다.

"개소리 말고 왜 왔어? 뭐, 찾을 거라도 생겼어? 기억이라도 찾게? 그딴 거라면 딴 데 가봐."

"도희."

"뭐?"

"내 손녀 찾는다고."

최상만의 얼굴에서 장난기가 사라졌다.

수열은 최근에 일어난 일들을 최대한 요약해서 들려주었다.

"내가 두 달 전에 병원 다녀온 일 기억하지? 그 무렵부터였나

봐. 손녀의 공유신체 재활……."

최상만은 노트북 앞의 의자에 앉아 차분히 수열의 이야기를 경청했다. 상당히 간략하게 줄인 이야기인데도 뭔가 심상치 않은 느낌을 받기에는 충분했다. 문제는 그가 이렇게 심각한 건을 맡아본 건 너무나 오래됐다는 점이다.

"사정은 알겠고……. 그런데 보다시피 나도 이제 이런 일을 하기에는 연식이 좀 달린단 말이지. 뭐, 집 나간 개나 찾아주는 정도지. 그마저도 소셜 추적으로 단서나 찾아주는 거지 대상을 직접 찾아주는 건 무리야. 이해하기 쉽게 설명하자면 흥신소 사장보다는 해커 쪽에 가깝다는 거지."

"그거면 충분해. 발품은 내가 팔 테니까."

최상만이 수열의 다리를 노골적으로 내려다봤다.

"진심이야?"

"지팡이보단 이게 낫지."

수열이 전동 휠체어 바퀴를 가볍게 두드렸다.

"이보시게. 자네가 형사였다는 건 잘 알겠어. 하지만 그건 다 지난 시절이야. 몸이야 그렇다 쳐도 기억조차 온전하지 않잖아. 더 늦기 전에 경찰서에 신고하는 게 현명한 처사라 보네."

"설명했잖아. 경찰은 믿을 수 없다고."

"어디까지나 추측이잖아. 어차피 죄지은 게 없으면 풀려날 테고. 여차하면 내가 믿을 만한 변호사를 소개해줄 테니까……."

수열은 최상만에게 경찰이 병원에 들이닥친 것까지는 알려줬지만 가은이 실제로 마약 한 사실은 차마 말하지 못했다. 그러니 최상만이 저렇게 말할 수 있는 거다.

"아니. 경찰은 안 돼. 그 이유라면 차차 알게 될 걸세. 나를 돕는다고 했을 경우에 한해서지만."

수열의 진지한 태도에 최상만도 고민이 짙어졌다. 그는 옆 이마에 올린 손가락으로 연신 핏줄 근처를 두들기더니 자세를 바꾸며 마른세수를 했다.

"좋아. 내가 돕는다고 쳐. 툭 까놓고 말해서 나한테 떨어지는 게 뭔데? 난 우리가 이런 위험을 감수할 정도의 우정이라고는 생각 안 하는데."

수열이 말없이 최상만을 바라봤다.

"솔직히 그렇잖아. 너, 나 죽으면 부조 얼마 할 거야?"

"달고나."

"뭐, 달고나? 와, 너무하네. 난 그래도 십만 원은 생각했는데."

"달고나 여행사 말이야"

"뭐?"

"일 다 끝나면 내 가게 넘기겠다고."

"넌 이 와중에 농담이 나오냐?"

"농담 아냐."

"진짜?"

최상만의 눈이 휘둥그레졌다. 얼마나 놀랐는지 손까지 떨었다.

"자네 달고나 여행사 갖고 싶어 했잖아."

"그걸 네가 어떻게 알아?"

"어떻게 알긴. 취해서 지 입으로 다 말해놓고는."

"내, 내가? 그럼 혹시 그 이유까지 말했나?"

"사별한 마누라와의 추억?"

"아이고야. 내가 이놈의 주둥이로 망할 팔자지. 막걸리만 마셨다 하면 오리 날개 퍼덕이듯 나불나불."

"그래서 한다고 안 한다고?"

"건물주 시켜준다는데 왜 안 해. 나중에 말 바꾸기만 해봐."

"여기 적힌 것들부터 알아봐줘."

수열이 점퍼 안주머니에서 꺼낸 쪽지를 최상만에게 건넸다. 쪽지에는 도희의 담당 의사였던 홍성익과 공유신체 재활치료, 도희가 타고 갔던 차량번호 등이 적혀 있었다.

"의사 선생 신상이랑 이전 직장들 털어보고 공유신체 재활치료는 제반 법률부터 유사 사례까지 알아보면 될 테고……."

앞서 대강의 상황을 들은 탓인지 최상만은 쪽지의 내용을 어렵지 않게 이해했다. 다만 마지막의 조잡한 그림만은 이해하기 어려웠다.

"이거 달고나 아냐? 이건 왜?"

"다른 것들 찾다가 혹시라도 그 문양과 닮은 게 보이면 알려줘."

"나 원. 무슨 틀린그림찾기 하는 줄 아나. 이유를 알아야 찾든가 말든가 하지."

"아직은 나도 몰라서 그래."

"모르긴. 동업자한테 뭘 비밀이 이렇게 많아?"

"볼일 끝났으니 이만 가볼게. 뭐라도 찾게 되면 바로 연락 줘."

수열은 미련 없이 최상만의 사무실을 나섰다.

최상만의 사무실과 달고나 여행사는 도보로 십여 분 거리에 불과했다. 수열이 달고나 여행사를 한 블록 남짓 남겨두었을 때 전화가 걸려 왔다. 조금 전에 헤어진 최상만이었다.

"왜?"

"왜겠어? 알아봐달라는 거 알려주려고 그러지."

"벌써?"

"혼자 딴 세상에서 사나. AI 무서운 걸 여태 모르네. 뭐, 다 알아낸 건 아니고 일단 의사 놈에 관한 거야."

"읊어봐."

수열이 시큰둥하게 대꾸했다. 아무리 기술이 좋아졌다고 한들 그 짧은 시간에 캐내면 얼마나 캐냈을까 싶었다.

"병원을 꽤 자주 옮겨 다녔네. 많을 땐 1년에 세 번이나 옮겼어."

"일반적이진 않네."

"더 이상한 건 홍성익 자식에 관한 부분이야."

수열은 별다른 반응 없이 최상만의 이어질 말을 기다렸다.

"홍성익한테 열두 살 된 아들이 하나 있는데 애가 난치성 폐질환으로 장기이식 대기자더라고. 그런데 대기 순번이 130번 정도 됐을 때 갑자기 명단에서 사라졌어."

"뭐?"

별 기대는 하지 않았는데 예상과 달리 내용이 알찼다. 수열은 이동을 멈추고 최상만 말에 집중하기 시작했다.

"이런 경우 보통은 본인 차례가 되기 전에 사망했을 경우야. 그래서 의사 아들 사망신고 자료를 뒤져봤지."

수열의 신경이 이어질 최상만의 말에 집중됐다.

"깨끗해. 살아 있다는 말이지."

"그럼 아직 병원에 입원 중이란 거야?"

"그건 아냐. 퇴원했더라고."

폐 이식을 기다릴 정도로 상태가 좋지 않았던 환자가 갑자기 치료를 중단하고 퇴원했다? 이해할 수 없었다. 물론 연명 대신 짧지만 남은 삶을 의미 있게 갈무리하려는 사람도 없진 않았다. 그러나 홍성익의 아들은 이제 겨우 열세 살이었다.

실낱같은 희망이 있다면 부모가 포기할 리 없었다. 포기한 게 아니라면 설마 장기이식에 성공한 걸까.

"퇴원을 언제 했는데?"

"어디 보자……. 올해 9월 27일이네."

"9월이라면…… 잠깐."

수열이 막 떠오른 생각을 진전시키기 위해 잠시 말을 끊었다. 그는 8월 말에 도희를 보러 병원에 갔었다. 9월 27일이면 그로부터 대략 한 달 후, 무슨 일이 있었던가.

수열은 어젯밤 가은과 나눈 대화를 되뇌었다. 가은이 들려준

이야기에서 9월을 배경으로 한 것들을 추려냈다.

그가 병원에 다녀간 이후 도희의 상태가 급격히 나빠졌다고 했었다. 그래서 지푸라기라도 잡는 심정으로 공유신체 재활치료에 동의할 수밖에 없다고 했다. 그렇다면 설마!

"보통 폐를 이식하면 입원 기간이 얼마나 되지?"

"가만있어보자."

최상만이 검색하는 동안 수열은 조금 전 추리를 정리해나갔다. 가은이 공유신체 재활치료 동의서에 서명한 건 9월 초일 것이다. 만약 그 무렵 의사의 아들이 폐이식을 받았다면…….

"보통 삼사 주 정도 입원한다고 나오네."

수열의 추리가 맞아들어갔다. 9월 초에 폐를 이식받았다면 예상되는 퇴원 시기는 9월 말이었다. 그렇다면 가은이 공유신체 재활치료 동의서에 서명한 일과 홍성익의 아들이 장기이식 순서를 새치기한 게 관련 있을 수 있었다.

설마 도희를 유괴하려는 계획이 꽤 오래전부터 구상된 것이었을까? 단순한 사건은 아닐 거라고 예상했지만 예상을 뛰어넘었다.

"그건 그렇고 인천공항으로 가야겠어."

"뜬금없이 공항은 왜?"

공항을 떠올린 순간 수열의 머릿속에 불꽃이 튀었다.

"설마 홍성익이 출국하는 거야?"

"오늘 오후 6시 30분 인도네시아 항공편이야."

"젠장!"

수열이 전동 휠체어의 속도를 높였다. 홍성익의 출국 시간까
지는 세 시간이 채 남지 않았다. 촉박했다.

하지만 지금 상태로는 공항에서 홍성익을 만난다고 한들 그를
붙잡을 수사권도 명분도 없었다.

세단과 그 뒤를 뒤따르는 밴은 서울 근교의 물류센터 지하주차장으로 진입했다. 두 대의 차량은 화물차량 전용 엘리베이터 앞에 멈춰 섰다.

커다란 엘리베이터 문이 열리자 세단에서 네 명의 사내가 내렸다. 그중 한 명은 밴 운전석에 탑승해 밴을 엘리베이터에 진입시켰고 나머지 세 사람은 걸어서 엘리베이터에 탔다.

"고작 여자애 하나 때문에 직접 움직이실 일인가 싶습니다."

사내 중 한 명이 못마땅하다는 듯 말했다. 그러자 민형식이 슬쩍 그를 돌아보았다.

"너 전에 장기 매매 쪽에 있었다고 했지?"

"네."

"그럼 잘 알겠네. 장기값이 정찰제인 거 봤어? 공시가랑 실거래가 같냐 이 말이야."

"그거야……."

"여기 실린 물건이 중요한 게 아냐. 그 물건을 원하는 고객이 누구냐가 중요하지."

부하는 얼떨결에 그 고객이 누구냐고 물을 뻔했다. 큰 실수를 저지를 뻔했다는 자각이 일어 식은땀이 흘렀다. 이 바닥 일을 하려면 귀와 입을 철저하게 닫고 살아야 했다. 순간의 호기심에 인생이 끝장날 수도 있었다.

"뭐, 더 궁금해?"

"아, 아닙니다."

"그래. 넌 좀 오래 버티겠다."

그사이 엘리베이터는 7층에 멈춰 섰다.

"중요한 거래니까 입 꾹 닫고 있으라는 말이야."

"명심하겠습니다."

거대한 엘리베이터의 문이 열리고 민형식과 부하들이 엘리베이터를 나섰다.

실내 농구장 서너 개는 합한 규모의 공간이었다. 군데군데 물류 상자가 쌓여 있었으나 절반 넘는 공간이 비어 있었다. 그리고 그 중심에 세단 두 대가 대기했다.

민형식 일행이 접근하자 두 세단의 문이 동시에 열렸다. 정장 입은 사내들이 한 여자를 중심으로 도열했다.

민형식의 눈에는 여자의 화장이 다소 과하게 보였다. 그러나 외모 자체가 화려해서인지 어색해 보일 정도는 아니었다. 어차피 여자의 겉모습 따위는 아무래도 상관없었다. 지금의 그녀가 본모습인지도 확실치 않으니 말이다.

"어서 오세요, 민 사장님."

민형식이 가볍게 고개를 숙였다.

"차 한잔 드실 시간은 있죠?"

"물론입니다, 헤라."

민형식은 헤라라는 이름이 가명이리라 생각했다. 그러나 굳이 묻지는 않았다. 가명이든 본명이든 그와는 상관없는 일이었다.

헤라와 민형식은 부하들과 떨어져 창가에 마련된 테이블로 이동했다. 넓은 창을 통해 인근 풍경이 한눈에 들어왔다. 슬슬 첫눈이 내릴 때가 됐는지 하늘이 어두웠다.

여자가 텀블러에 든 커피를 머그잔 두 개에 나눠 따랐다.

"민 사장님은 한 번도 공유신체를 안 해봤다고 했던가요?"

"고전적인 걸 선호하는 편이라."

"나랑은 달라도 참 달라. 그런데 사업 파트너로서의 궁합은 별개인가 봐, 이렇게 잘 맞는 걸 보면."

민형식은 대답을 생략할 겸 머그잔을 입으로 가져갔다.

그의 눈앞에 있는 건 사람의 탈을 쓴 천년 묵은 여우였다. 천년 묵은 여우는 사람의 모습으로 변신할 수 있다고 했다. 헤라는 과학기술이 만들어낸 구미호나 마찬가지였다. 그러니 홀렸다가는 간이 아닌 더한 것도 빼 먹힐 수 있었다.

"그런데 오늘 물건은 좀 그렇네. 무결점이 아니라면서요?"

민형식의 눈가가 꿈틀거렸다. 무결점은 이 바닥에서 사용하는 고아의 은어였다. 인제 와서 딴지라도 걸 속셈인가. 오늘 물건의 상태에 대해 이미 전달했던 민형식은 적잖이 언짢았다.

"보호자가 있다는 사실은 작업 들어가기 전에 전달했던 사안으로 압니다만."

"맞아요. 그런데 확실하게 처리하겠다고도 하지 않았던가요?"

"그거라면 염려 안 해도 됩니다. 곧 마약 사범으로 처리될 테니까요."

"흠."

헤라가 커피를 내려놓고 담배를 꺼내 물었다. 카페인과 니코틴의 조합만큼 고전적인 게 또 있을까. 그녀는 연기를 깊이 들이마시고 뱉은 뒤 말을 이어나갔다.

"난 그게 영 그렇네. 더 간단하고 확실한 방법을 두고 굳이 왜 경찰을 끌어들이는 건지 모르겠어. 사람이 물러진 건지 그게 아니면 슬슬 사업가 흉내를 내려는 건지."

민형식이 머그잔을 소리 나게 내려놓았다.

"이봐요, 헤라. 선은 지킵시다. 내 일은 내가 알아서 합니다."

"그래요. 대신 책임질 일 생겼을 때도 선 넘기 없기예요. 각자 선에서 끝내자고."

민형식은 배알이 뒤틀렸다.

진짜 모습도 드러내지 않는 주제에 책임을 운운해?

"당연한 말을 입 아프게 하시네."

"하하. 우리 민 사장님 삐지니까 더 매력적이네. 아, 미안해요. 속으로 말한다는 게 그만. 다 웃자고 하는 소리야."

민형식이 선글라스 너머로 혜라의 새빨간 입술을 노려보았다. 그 입에서 나오는 말에는 늘 비아냥이 깔려 있었다. 마치 어린애를 상대한다는 듯한.

민형식은 뒷골목 출신이었다. 혜라처럼 돈줄을 쥐고 있는 놈들은 그와 같은 부류를 행동 대장쯤으로 여기는 경향이 있었다. 푼돈 뜯어내며 골목대장질 하는 건 양아치였다. 큰돈을 만지려면 큰돈이 있는 곳으로 가야 했다. 그게 혜라와 동업하는 이유였다.

그러나 혜라는 그를 동등한 관계로 생각하지 않는 눈치였다. 그를 하청업체 대표 정도로 여기고 있다는 건 오래전부터 알고 있었다. 그러나 혜라의 익숙한 하대 따위는 상관없었다. 그가 발끈한 이유는 따로 있었다.

더럽고 위험한 일의 대가로 돈을 받는 건 틀림없지만 그래도 선은 지켜야 한다는 게 그의 원칙이었다. 민형식에게 넘지 말아야 할 선은 살인이었다. 살인에는 늘 예상치 못한 변수가 도사리기 마련이다.

죽은 자는 말이 없다지만 죽음 자체는 강력한 메시지가 된다. 특히 동업자 말에 휘둘려 저지른 살인만큼 위험한 건 없다. 그 살인에 대해 아는 자가 그만큼 많다는 거니까. 따라서 사람을 죽이고 말고는 오로지 민형식 스스로 결정할 사안이었다.

조금 전 혜라의 발언은 이런 민형식의 원칙을 건드리는 발언이었다.

"커피 다 마셨으면 그만 일어나죠."

"먼저 가세요. 마저 피우고 갈 테니."

민형식이 자리에서 일어났음에도 혜라는 담배를 피우며 창밖을 내다봤다. 그녀의 어깨가 미세하게 떨리고 담배 연기가 무질서하게 뿜어져 나왔다.

웃음을 참고 있는 건가. 이 상황의 어느 지점이 우습다는 걸까? 기분 나쁜 여자였다.

어쨌든 민형식으로서도 혜라의 말이 걸리긴 했다. 아이 엄마를 마약 사범으로 엮어서 구속해두려고 했는데 계획에 차질이 생겼다. 혜라의 말처럼 경찰에게 일을 맡기면 번거롭긴 했다.

"사장님, 물건 확인했습니다. 이상 없습니다."

두 우두머리가 대화를 나누는 사이 부하들은 거래를 마무리하고 있었다.

"교환해."

민형식의 부하가 밴 키를 넘겼고 혜라 쪽 세단에서는 과일상자 크기의 상자 두 개가 넘어왔다.

*

송파구 송파제일초등학교 앞.

슬슬 하교하는 학생들이 정문을 빠져나오기 시작했다.

수열은 최상만이 보내준 사진 파일 속 사내아이와 교문을 빠져나오는 아이들의 얼굴을 번갈아 보며 대조하고 있었다.

홍성익의 출국을 막기 위해 급히 떠올린 수단은 협박뿐이었다. 시간에 맞춰 공항으로 간들 출국을 막을 방법이 없었다. 몸이 멀쩡했다면 하다못해 완력이라도 썼을 테지만 이 상태로는 요원한 일이었다.

미세먼지 탓에 마스크를 쓴 아이도 있어 온 신경을 기울여 살펴봐야 했다. 학년별로 하교 시간에 차이를 둔 건지 나오는 시간대에 따라 체구가 달라졌다. 그러다 고학년으로 보이는 아이들이 나타나기 시작하자 수열은 마음의 준비를 했다.

다른 수가 없어서라지만 애를 이용한다는 게 썩 내키지 않았다. 그러나 제 자식 귀한 걸 알면 남의 자식 귀한 것도 알아야 한다. 그걸 모르고 있었다면 이참에 알아두는 것도 좋을 테지.

마침내 사진 속 아이와 동일 인물로 보이는 아이가 모습을 보였다. 아이는 친구와 함께 교문을 향해 걸어오는 중이었다. 아이는 교문에 이르러 친구와 헤어졌다. 가는 방향이 달랐다.

수열은 혼자가 된 아이의 뒤를 자연스럽게 따라가다 일부러 전동 휠체어를 슬쩍 가로수에 부딪쳤다.

"아이고, 이를 어째!"

수열이 별일 아님에도 목청을 높였다. 예상대로 앞서가던 아이가 뒤돌아봤다.

"고장이 났나. 큰일이네. 약속 시간에 늦을 텐데."

수열은 도와달라는 말을 직접적으로 하는 대신 간접적으로 난처한 상황임을 알렸다. 요즘 초등학생들에게 가장 먼저 주입하는 개념이 도와달라는 어른 믿지 말라는 것쯤은 그도 알고 있었다.

"이게 왜 안 움직일까나. 진짜 큰일이네."

"그거 고장 났어요?"

아이는 위기에 처한 노인을 차마 외면하지 못하고 다가왔다.

"어, 학생. 휠체어가 가로수에 부딪혔는데 고장이 났나 봐. 이걸 어째."

"119에 연락하면 되지 않을까요?"

"아냐. 소방관 아저씨들 바쁜데 이런 걸로 부를 수는 없지. 내가 어디 다친 것도 아니고. 그냥 요거를 누가 뒤에서 좀 당겨주면 될 것 같은데……."

"제가 도와드릴게요. 여기 잡으면 돼요?"

"아이고 착하다. 맞아. 거기 손잡이 잡고 당겨볼래?"

아이가 힘을 쓰는 동안 수열은 스마트워치의 카메라 구도를 조정했다. 아이가 다니는 학교가 잘 나오도록 해서 아이의 사진을 찍었다.

사진을 확보한 수열은 전동 휠체어의 브레이크를 슬쩍 풀고 조이스틱으로 후진했다.

"됐어요!"

"학생이 도와줘서 살았네. 정말 고맙네. 어디 보자, 내가 다른 거 줄 건 없고 이게 하나 있네."

수열이 휠체어 콘솔에서 비닐 포장한 달고나 하나를 아이에게 내밀었다. 아이는 잠시 고민하더니 수줍게 달고나를 받았다.

"이게 뭐예요?"

"달고나라는 건데 맛있는 거야. 아빠한테 보여드리면 아실 거야."

"감사합니다."

"그래. 잘 가거라."

멀어지는 아이를 흐뭇하게 보던 수열의 표정이 순식간에 싸늘하게 변했다.

뜬금없이 출국이라니. 딱히 내키진 않았으나 1년간 외국에 나가 있는 조건이 나쁘지 않았다. 모든 게 순조로웠다. 짐을 싸던 홍성익은 절로 콧노래가 나왔다.

솔직히 말해 그는 갑작스러운 민 사장의 연락에 적잖이 긴장했다. 뭔가 눈치챈 게 아닌가 싶었기 때문이다. 다행히 그가 우려한 일은 없었다. 오히려 민 사장은 두 손 들고 반길 만한 제안을 했다.

폐를 이식한 아들 녀석과 야구장에 가서 목이 터져라 응원하고 싶었지만 당장 하지 않는다고 야구장이 없어지는 건 아니었다. 하지만 이만한 돈은 기다려주지 않는 법이다. 다른 것들은 조금 미뤄도 됐다.

국제의료봉사단 활동이라고는 하지만 캠프에 가는 기분마저 들었다. 숨 막히는 한국 생활에서 벗어나 1년쯤 이국의 정취를 즐기다가 오는 것도 나쁘지 않았다. 솔직히 정신없이 식구들 부양하느라 지친 부분도 없지 않았다.

"아빠, 학교 다녀왔습니다."

집 안에 아들의 활기찬 목소리가 울렸다. 안방에서 짐을 싸던 홍성익은 아들 기척에 거실로 나섰다.

"아직 뛰면 안 된다니까."

그는 말과는 달리 제 품에 달려오는 아들을 두 팔 벌려 껴안았다. 아이의 등짝을 쓰다듬는데 뭔가 부스럭거리는 소리가 들렸다. 품에서 떨어지는 아이의 손에는 사탕이 들려 있었다.

달고나? 요즘도 이런 걸 파나? 하기야 애들 세계의 유행도 돌고 도는 게 있으니까. 그게 아니라면 이러닝 같은 교육회사에서 판촉을 나와 나눠 주었겠지. 달고나라면 부모들이 호기심을 보일 수도 있을 테니까.

그는 달고나 같은 건 대수롭지 않다고 생각하면서도 이상하게 자꾸 눈길이 갔다.

"얼른 씻고 밥 먹을 준비 해야지."

"네."

아이가 제 방으로 사라지고 얼마 후 홍성익의 핸드폰이 울렸다. 발신 번호가 없는 메시지였다. 그는 무시하고 짐이나 마저 싸기로 했다. 그런데 같은 번호로 연달아 메시지가 도착했다.

민 사장인가?

홍성익은 결국 핸드폰 메시지를 확인했다.

사진?

사진을 확대해 본 홍성익의 동공이 요동치기 시작했다.

"뭐, 뭐야!"

이어 두 번째, 세 번째 사진까지 확인한 홍성익은 주먹을 말아 쥐고 떨었다.

"어떤 새끼가 이딴 장난을……."

홍성익이 본 세 장의 사진 중 첫 번째와 두 번째 것은 그의 아들 홍하익이 찍힌 사진이었다. 그중 하나는 바로 아들 앞에서 찍은 것이었다.

각도나 화질상으로 볼 때 줌으로 당겨 찍었다고는 보기 어려웠다. 사진은 아들의 얼굴보다 약간 낮은 지점에서 올려 찍은 구도였고 아들의 뒤편으로 송파제일초등학교가 보였다. 다른 사진들 또한 같은 상황에서 찍은 듯했지만 뒷모습이었다.

누군가 그의 아들에게 의도적으로 접근해 찍은 것이다. 그러나 가장 경악할 만한 건 세 번째 사진이었다. 608호 환자였던 여자아이가 찍힌 사진이었다.

따로 메시지는 없었다. 발신 번호가 표시되어 있지 않아 발신인에게 전화를 걸어볼 수도 없었다.

홍성익은 주방으로 이동해 냉수를 벌컥벌컥 들이켰다. 일단 흥분을 가라앉히고 생각을 정리해봐야 했다. 일단 이 발신인은

608호 여자애와 그의 아들을 아는 인물이다. 대체 어떤 의도를 갖고 하익이에게 접근한 걸까.

다시 본 아들의 사진은 오늘 입은 아들의 옷차림과 같았다. 설마 조금 전에 하익이에게 접근했단 말인가? 아니다. 꼭 그런 건 아닐 수도 있다. 하익이라고 매일 다른 옷을 입는 건 아니니까. 어쩌면 그저 하익이의 SNS상의 셀카 사진을 해킹한 피싱범의 소행일지도 모른다.

그런데 굳이 뒷모습까지 보낸 이유는 뭘까?

홍성익은 다시 사진을 꼼꼼히 살폈다. 그러다 놈이 하익이의 뒷모습 사진을 보낸 이유를 알았다. 사진 속 하익이의 손에는 조금 전에 본 달고나가 들려 있었다.

정리하자면 이건 협박이었다. 언제든 하익이에게 접근할 수 있다는.

"하익 아빠, 무슨 일 있어요?"

막 수분크림을 펴 바르며 거실로 나오던 홍성익의 아내가 흥분한 남편을 보고 물었다.

"별일 아냐. 하익이 좀 보고 올게."

"아 참, 그러고 보니 오늘 하익이 성적표 나왔을 텐데. 같이 가요."

"그런 건 나중에 확인해도 되잖아. 그 옷이나 좀 제대로 입어. 파자마 입고 다니지 말라고 몇 번을 말해!"

"집인데 누가 본다고."

"나는 눈 없어?"

"별꼴이야, 진짜. 갑자기 왜 이런데?"

홍성익은 흘겨보는 아내를 무시하고 2층으로 올랐다. 신경이 극도로 날카로워진 상태였다.

그의 아들과 608호 소녀에 대해 다 아는 자라면 역시 민 사장 쪽 사람인 걸까? 하지만 민 사장이 이럴 이유가 없었다. 민 사장을 제외하면 608호 소녀와 관련된 사람은…… 설마, 그 여자가?

홍성익은 608호 소녀의 엄마가 마약 사범으로 경찰에게 잡혀갔다고만 생각했다. 그런데 설마 아직 잡히지 않은 건가?

그렇다고 한다면 조금 전 사진을 보낸 자의 정체는 그 여자가 유력했다. 하지만 그 여자가 딸의 실종과 관련해서 담당 의사였던 그를 의심할 이유가, 아니 단서가 없었다.

홍성익은 불필요한 추리를 멈추기로 했다. 어차피 그 답을 아는 아들이 방문 너머에 있지 않은가.

하익이의 방문이 빼꼼히 열려 있었다.

"아들, 아빠랑 얘기 좀 할까?"

홍성익은 아이가 놀라지 않도록 최대한 흥분을 가라앉혔다.

"응, 아빠."

"혹시 오늘 학교 끝나고 집에 오는 길에 누구 만난 사람 없어?"

"응, 없는데?"

"잘 생각해봐. 달고나 준 사람 있을 거 아냐."

"달고나? 아, 이거?"

작은 손이 책상 위에 있던 달고나를 집어 들었다.

"그래, 그거. 누가 줬는지 기억나지?"

"응, 어떤 할아버지."

"할아버지?"

아줌마도 이모도 누나도 아닌 할아버지라니. 전혀 예상치 못한 답이었다. 그때 홍성익의 핸드폰이 울렸다. 앞서와 마찬가지로 발신 번호 표시가 없었지만 이번에는 메시지가 아니라 전화였다.

"하익아, 아빠 잠깐 통화 좀 하고 올게."

홍성익은 아들 방을 빠져나와 전화를 받았다.

"당신 누구야?"

"그건 조금 뒤에 만나면 알게 될 거야."

변조된 목소리였다. 놈의 목적이 뭔지는 모르나 오늘 저녁이면 곤란했다. 공항에 있을 시간이었다.

"아, 시간은 6시쯤이 좋겠어. 그러자면 출국은 취소해야겠지. 그런 짓을 저질러놓고도 가족을 두고 떠나겠다니 너무 안일한 거 아닌가?"

홍성익의 간담이 서늘해졌다. 누군지는 모르나 자신에 대해 상당히 많은 걸 알고 있는 눈치였다. 그러나 순순히 인정할 순 없었다.

"다짜고짜 무슨 헛소리야. 말을 알아듣게 해야지."

"시치미를 떼시겠다? 그럼 우리가 만나서 하려던 얘기를 당신 아내, 아니지, 당신 아들한테 해도 될까? 그래도 된다면 당신은 예정대로 출국해도 상관없겠지."

"개소리 집어치워! 너 누구야? 원하는 게 뭐야?"

홍성익이 으르렁거렸다.

"시간은 조금 전에 말했고 장소는 문자로 남기지."

"내가 이딴 얄은수에 넘어갈 것 같아?"

"그건 그렇고 아들내미한테 선물 하나 들려 보냈는데. 불량식품을 애가 먹어도 되려나 모르겠군."

"뭐?"

순간 홍성익의 머릿속에 번개가 쳤다. 앞서 본 달고나의 이미지에 전혀 다른 달고나의 이미지가 섞여 들었다.

"이 개새끼가!"

홍성익은 냅다 아들의 방문을 열고 들어갔다. 하익이 손에 들린 달고나가 혀에 닿아 있었다.

"아빠, 이거 맛이……."

"먹지 마! 뱉어!"

홍성익은 다짜고짜 달고나를 빼앗아 던졌다. 그의 과민한 행동은 단순히 불량식품에 대한 반응이라고는 보기는 어려웠다.

"아, 아빠……. 왜 그래?"

하익이가 방바닥의 부서진 달고나를 보다 두려움에 찬 눈으로 그의 눈을 올려다봤다.

"괜찮아? 어지럽다거나 메스껍다거나 하지 않아?"

"괜찮아. 근데 맛이 좀 별로야."

"그래. 저거 불량식품이야. 먹으면 배 아프고 그런 거. 그러니까 절대 먹으면 안 돼, 알았지?"

홍성익은 넋 나간 사람처럼 연신 아들의 팔을 주무르며 산만하게 움직였다.

"시험 좀 못 볼 수도 있지. 왜 애한테 소리를 지르고 그래요!"

그사이 큰소리를 듣고 올라온 아내가 내용을 헛짚고 딴소리를 했다. 홍성익이 한숨을 내쉬며 수그리고 있던 허리를 폈다.

"헛소리 말고 그거나 좀 치워."

"이게 뭔데?"

"행여나 맛볼 생각은 말고."

홍성익이 손아귀로 지끈거리는 관자놀이를 움켜쥐며 아내를 지나쳤다.

"오호, 홍성익이 출국 취소했네? 뭘 어떻게 한 거야?"

"정신 나간 짓 좀 했지."

최상만의 연락에 수열은 비로소 한숨을 돌렸다. 새삼 그가 살고 있는 세상이 어떤 세상인지가 실감 났다.

고사양 컴퓨터 두어 대 놓고 고가의 AI 비서를 쓰면 순식간에 지구 반대편에 사는 아무개의 속옷 취향까지 알아낼 수 있다더니, 그 말이 결코 과장이 아니었나 보다.

"그건 그렇고 AI 비서인가 뭔가 살벌하네."

"어허 AI만 좋은 거 쓴다고 되는 게 아니라니까. 이게 다 내가……."

"그렇다고 치자고. 그런데 말야. 자네 같은 늙은이도 이 정도 정보력이라면 진짜 전문가들은 마음만 먹으면 뭐든 알아낼 수 있다는 말 아냐?"

"아니, 그게 AI만 좋은 거 쓴다고 되는 게 아니라 사용자인 내가…… 아니다, 됐다. SNS 계정도 없는 인간한테 AI를 설명하고 있다. 이걸 설명하고 있는 내가 한심한 놈이지."

수열은 지난 6년간 수없이 생각했다. 당시의 실패에 대해.

아무리 생각해도 실패의 결정적인 이유는 정보가 샜기 때문이다. 새삼 정보의 포화로 터질 듯한 세상이, 데이터가 빛의 속도로 오가는 세상이 무서웠다.

최상만의 정보력이 그쪽 업계에서도 뛰어난 편이란 건 인정한다. 하지만 대중화된 해킹 프로그램과 AI 비서로 인해 해커에 준하는 실력자가 그 어느 때보다 넘쳐나는 세상이었다.

최상만이 이 세계에서 어느 정도 실력자인지는 모르나 그와 같은 부류의 인간이 적지 않은 것만은 분명했다. 다시 말해 그가 알아낸 정도의 정보는 상대도 알아낼 수 있다고 생각하고 접근할 필요가 있었다. 본격적인 싸움을 하기에 앞서 이 균형부터 무너뜨려야 했다.

"돌아가야겠어."

"뭔 소리야? 어딜 돌아가?"

"지금 당장 달고나로 올 수 있지?"

"발 끊겠다고 선언했잖아."

"오래 안 기다려."

통화를 마친 수열은 가게 구석에 비치된 캐비닛으로 다가가 비밀번호를 맞추기 시작했다.

　최상만은 수열의 예상대로, 아니 예상보다도 일찍 달고나 여행사에 찾아왔다. 수열은 최상만이 달고나 여행사에 들어오자 가게 셔터를 내렸다.

"셔터는 왜 내려? 노인네 맘 설레게."

"실없는 놈. 옷이나 좀 갈아입고 오지. 쯧쯧."

　수열이 다시 봐도 적응하기 힘든 배기바지를 보며 혀를 찼다.

　원래대로라면 수열의 계획에 최상만은 없었다. 이런 일은 아는 사람이 적을수록 유리한 법이었다.

　목적은 간단했다. 손녀를, 도희를 찾아 데려오는 것이다. 그러나 도희의 상태는 실종이 아닌 유괴일 것이다. 그저 찾는다고 해결되는 일이 아니란 의미다. 기껏 찾아내도 데려오는 건 또 다른 차원의 문제일지 몰랐다.

　다시 말해 도희를 찾는 게 전반전이라면 구해내는 건 후반전인 셈이다. 최악의 경우 수열이 직면하게 될 상황은 구출이 아니라 대결에 가까울지도 모른다.

　도희의 유괴와 6년 전 사건이 유관하다고 본다면 사실상 수열 혼자서는 해결하기 어려웠다. 그의 수사 수첩과 다이어리의 내용이 그 증거였다. 그때도 홀로 싸웠지만 신체라도 건강했다. 비록 내부가 곪은 조직에 속했지만 수사권 또한 갖고 있었다. 그런데도 실패한 것이다.

지금은 6년 전보다도 훨씬 열악한 상황이었다. 그나마 위안이 되는 건 실패한 경험이 있다는 점이었다. 그때의 실패로 인해 적의 윤곽은 어느 정도 그려볼 수 있었다.

"이야, 이게 뭐야? 4년을 문턱이 닳게 다니고도 이런 데가 있는 줄은 몰랐네."

최상만이 밀려나는 책장 너머로 나타난 승강기를 보며 감탄했다. 수열은 들떠 있는 최상만을 보며 남자가 몇 살까지 철부지일 수 있는지를 새삼 깨달았다.

"오우! 비밀 아지트라도 되나?"

승강기에서 내릴 때가 되자 최상만의 감탄사는 한결 고조됐다. 반면 그런 최상만을 본 가은은 표정이 굳어갔다. 가은도 오며 가며 최상만을 본 적이 있다. 달고나 여행사에 올 때 봤지만 그건 어디까지나 가게 손님으로서였다. 문제는 지금 있는 지하 공간이 손님에게 허락된 공간이 아니라는 사실이다.

"설명하마. 가은이 너도 본 적이 있겠지. 오늘부터 도희를 찾는 데 손을 보태줄 거야."

"아니……."

가은은 말문이 턱 막혔다. 통보에 가까운 설명에 이해는커녕 오히려 더 혼란스러워졌다.

칠순이 코앞인 두 사내, 그중 한 명은 하반신이 마비였고 다른 한 명은 수다쟁이였다. 거기에 한 명이 더 있긴 했다. 마약에 중독된 여자.

마늘이나 깐다면 모를까. 도대체 이 셋이 모여 뭘 할 수 있을까.

"아빠, 지금 이게 가능하다고 생각해요? 멀쩡한 사람들이 팀을 짜도 쉽지 않은 상황인데 이게 뭐야?"

가은이 이마에 손을 짚으며 심란한 표정을 지었다.

"저기, 말하는 중에 미안한데 이 인간하고 다르게 난 멀쩡한데?"

가은이 날카로운 눈빛으로 최상만을 돌아보았다.

"아니, 사실이 그렇다고."

최상만은 곧장 꼬리를 말았다. 누가 수열의 딸내미 아니랄까 봐 여간내기가 아니었다. 비쩍 마르긴 했어도 풍기는 분위기가 보통이 아니었다. 우묵한 눈 그늘 위에서 쏘아보는 눈빛이 수탉처럼 매서웠다.

"가은아, 일단 진정 좀 하자. 사람 겉만 보곤 모르는 거 아니겠니."

"아무리 그래도 그렇지, 아빠. 우리 지금 도희 찾는 거잖아, 탐정 놀이를 하는 게 아니라."

"아무도 장난이라고 생각하지 않아."

"그게 아니면 지금 이 상황은 뭔데?"

부녀의 대화가 점점 격해졌다. 두 사람 사이에 낀 최상만은 안절부절못했다. 급하게 온다고 옷을 갈아입지 못한 게 영 신경이 쓰였다. 수열의 딸내미 눈길이 스칠 때마다 기저귀만 걸친 기분이었다. 이제 빌라가 아니라 아파트를 준다고 해도 빠지고 싶었다.

"저기, 난 그냥 빠지는 게 나을 것 같은데······."

최상만이 움츠러드는 목소리로 말하기 무섭게 두 부녀가 동시에 입을 열었다.

"그건 안 돼요."

"누구 맘대로."

뭘 어쩌라는 건지. 최상만은 이러지도 저러지도 못하는 상황이 영 불편했다. 그렇다고 심각해 보이는 두 사람 앞에서 연거푸 불편한 속내를 늘여놓기도 민망했다.

그는 결국 될 대로 되라는 심정으로 소파에 털썩 주저앉았다.

"계속해. 난 없는 사람이라 생각하고."

막상 멍석을 깔아주자 부녀는 입을 꾹 다물었다. 최상만은 지금 상황이 혹시 몰래카메라인가 하는 의심마저 잠깐 했다.

그러나 손녀가 실종된 상황이 사실인 이상, 두 사람 사이에 흐르는 분위기는 정말 심각했다. 다만 최상만만 한 걸음 떨어져 있는 제삼자였고, 그 차이로 생긴 엇박자가 분위기 적응을 어렵게 했다.

"쉽게 설명할게."

수열이 화이트보드 앞으로 다가가 보드 마커를 쥐었다. 그는 세 사람의 이름을 차례대로 써나갔다.

"앞으로 이 지하실은 수사본부인 셈이야. 여긴 건물설계도에도 나오지 않아. 우리 말고는 아무도 모른다는 말이지. 앞으로 여기서 두 사람은 현장 지원 역할을 하게 될 거야. 현장에는 내가……."

"잠깐만. 달랑 우리 셋이 전부란 거야?"

최상만이 황당한 얼굴로 수열을 바라보았다.

"그 몸으로 현장에 나가겠다는 거야?"

가은 역시 당혹감을 감추지 못했다. 그럴 수밖에. 세 사람 중 거동이 가장 불편한 사람이 밖에서 움직이겠다니.

"다른 대안이 없다. 가은이 넌 경찰이 쫓고 있으니까."

"그래도 그렇지, 그 몸으로 뭘 어쩌겠다는 거야?"

가은의 반론에도 수열의 표정에는 변함이 없었다.

수열이 이번에는 최상만에게로 고개를 돌렸다.

"이 인간은 어디까지나 용역이고."

"거 말을 해도 참."

최상만이 탐탁지 않은 표정으로 수열을 쳐다보았다.

"뭐, 그렇다 치고. 그 몸으로 현장을 뛰겠다고? 나 말고 더 고용한 사람이 있을 줄 알았는데?"

"물론 그럴 생각이야."

"그럼 그렇지. 누군데?"

최상만과 가은이 어미새의 주둥이만 보는 새끼들처럼 절박하게 수열을 바라봤다.

"곧 알게 될 거야. 그 전에 이것들 사용법부터 익혀둬."

수열이 회의용 테이블 위에 올려진 상자 하나를 가리켰다.

호기심 많은 최상만이 딴에는 잽싸게 일어났으나 가은이 더 빨랐다. 가은은 상자 안의 물건들을 꺼내 테이블 위에 늘어놓았다.

"이게 다 뭐예요?"

가은이 신기하게 생긴 물건들을 보며 물었다. 어디선가 본 것도 같은데 정확한 용도는 모르는 것투성이였다.

"이야. 이 골동품들은 다 뭐야?"

최상만의 물음은 진짜 질문이라기보다는 호기심에 가까웠다.

삐삐, 카세트, 녹음용 공테이프, 라이터 형태의 카메라 등 주로 20세기가 끝날 무렵에 사용하던 물건이었다. 가은은 몰라도 최상만 또래라면 충분히 알 만했다.

"지금의 스마트폰을 쪼개놓은 것들이라 생각하면 돼."

수열의 말대로였다. 카메라, 전화기, 메신저, 녹음기, 손전등 등의 기능이 하나로 합해진 게 스마트폰이니까.

"아까 돌아가야겠다길래 어딜 돌아간다는 거야 했더니 이걸 두고 한 소리였구먼. 시간을 거스르겠다는 말이었어."

최상만은 어렵지 않게 수열의 의도를 간파했다. AI가 무섭네 어쩌네 하고 운운하던 게 그냥 하는 소리가 아니었던 것이다.

"이 케케묵은 것들이라면 해킹은 당하지 않을 테니까."

"맞아. 그 부분이라면 나보다 자네가 더 잘 알 테지."

"근데 이거 쓸 수 있기는 해? 아직도 회선이 살아 있어?"

최상만이 삐삐를 신기하다는 듯 요리조리 살펴보며 물었다.

"아직까지 의사 같은 특수직종에서는 사용하기도 해. 이건 오래전에 폐업 처리된 병원에서 얻은 것들인데 혹시 몰라 회선을 살려뒀지."

수열이 말을 하면서 삐삐 하나를 만지작거렸다. 그러자 최상만이 들고 있던 삐삐가 '삐삐삐' 하고 울렸다.

"되네? 거참. 그건 그렇고 가만 보면 참 이상하단 말야."

최상만이 삐삐 대신 카세트로 바꿔 들고 이런저런 버튼을 눌러보며 뜸을 들였다.

"자네 말야. 혹시 기억 돌아온 거 아냐? 기억상실증에 걸린 사람이 이렇게 빠릿빠릿할 수가 있나?"

"자서전을 쓴다면 모를까. 치매도 아니고 그깟 기억상실증이라고 굼뜰 이유가 되나."

"그런가? 뭐, 내가 기억상실증에 걸려봤어야지."

두 노인이 열띤 대화를 이어가는 중에도 가은의 표정은 좀처럼 풀리지 않았다. 오히려 수심만 짙어졌다.

저런 골동품들로 대체 어떻게 수사를 하겠다는 걸까. 아빠가 형사 기질을 버리지 못하고 영웅 놀이에라도 빠진 게 아닌가 하는 우려마저 들었다. 그러나 지금으로선 다른 방도가 없었다.

"뭘 하든 제발 좀 서두르자."

딸의 울음이 묻어나는 듯한 목소리에 수열의 가슴이 아렸다.

사실 그로서도 두려웠다. 아직 선명하지는 않지만 그가 상대하는 적은 거대했다. 검경 합동으로 대규모 특별수사팀을 꾸린다 해도 쉽지 않을 상대였다.

그러나 어디에도 도움을 요청할 곳은 없었다. 이곳에 모인 세 사람이 주축이 되는 수밖에.

갑작스러운 도희의 실종이 충격요법이 되어 정신을 차리게 됐다지만 여전히 가슴 한구석에는 두려움이 도사렸다. 6년 전 실패, 아니 패배로 각인된 무력감이 틈만 나면 그의 정신을 장악하려고 들었다. 그러나 그가 무너지면 가은도 무너질 것이다.

"가은아, 도희는 아빠가 무슨 수를 써서라도 찾을 거야. 약속하마."

수열이 가은의 손을 힘껏 감싸 쥐었다가 놓았다.

"그 전에 잠깐 다녀올 데가 있다."

이제 마지막 조력자를 찾아 나설 때였다.

＊

종합격투기체육관 팀샤크에는 운동하는 사람들의 열기가 아닌 냉기가 흘렀다. 구석에 히터 하나가 있었으나 고장 난 지 오래였다.

팀샤크는 얼른 보기에도 쇠락해가고 있었다. 평일 저녁 시간이니 보통은 퇴근한 직장인 관원들이 구슬땀을 흘리고 있을 시간인데, 성인 한 명, 청소년 두 명이 전부라면 절망적이었다.

이런 체육관을 두고 한때 UFC까지 진출했던 관장이 운영하는 곳이라고 한다면 누가 믿을까.

"오른발을 더 굽혀."

"몸통을 너무 빨리 돌렸잖아."

"더 더 더."

킥 패드를 타격하는 둔탁한 소리가 울렸다. 팀샤크의 관장인 하도훈은 킥 패드를 든 채 중학생 관원의 킥을 받아내고 있었다. 어찌 된 일인지 킥을 날리는 중학생보다 관장인 그가 더 땀을 많이 흘렸다. 비대해진 몸이 조금만 움직여도 급격히 체력을 갉아먹었다.

"좀 쉬었다가 하자."

"벌써요? 아직 더 할 수 있는데."

"재식아, 네가 킥 패드 좀 잡아줘라."

하도훈이 몸을 풀고 있는 고등학생 관원 재식에게 킥 패드를 넘겼다. 그런 뒤 그는 관장실로 들어가 푹 꺼진 소파에 털썩 앉았다. 육중한 무게에 소파가 신음했다. 체중 관리가 시급해 보였지만 그는 아무렇지 않게 테이블 위에 있던 위스키를 병째 입으로 가져갔다. 싸구려 위스키가 날카롭게 목을 할퀴었다.

이제 겨우 마흔. 10년 전만 해도 몸이 이렇게 부풀어 있을 거라고는 상상도 하지 못했다. 그러나 이게 현실이었다. 한때는 UFC를 집어삼킬 대어로 평가받았으나 몰락은 한순간이었다. 금지약물 복용과 함께 승부조작 혐의까지 더해지면서 한순간에 몰락하고 말았다. 퇴물을 원하는 곳은 어디에도 없었다. 굳이 그가 쓰일 만한 곳을 찾자면 뒷골목 세계 정도일 것이다. 그러나 그는 링 밖에서는 그저 내성적인 보통 사람이었다.

하도훈은 테이블 위에 쌓인 체납 고지서를 보며 위스키를 병째 들이마셨다. 월세는커녕 기본적인 관리비도 감당하기 어려웠다. 팀샤크의 운명도 실패한 그의 인생을 따라가고 있었다.

"관장님, 누가 찾아오셨는데요?"

재식의 목소리였다. 반가운 손님 같은 게 있을 리 없었다.

"없다고 해."

"그게……."

재식의 말이 끊겼다. 대신 문이 벌컥 열렸다. 열린 문 너머에 있는 사람을 본 하도훈이 엉거주춤 몸을 일으켰다. 그는 빚쟁이라도 본 듯 관장실에 들어오는 사람을 똑바로 바라보지 못했다.

"자, 장인어른."

수열은 한때 사위였던 사내와 그의 손에 들린 술병을 번갈아 보았다. 하도훈이 멋쩍은 얼굴로 주춤주춤 술병을 내려놓았다.

"내가 했던 말 생각해봤나?"

하도훈 앞에 멈춰 선 수열이 차분하게 물었다. 수열이 하도훈에게 뜻을 물은 건 아침이었다. 불과 하루도 지나지 않아 대답을 들으러 올 줄은 하도훈으로서도 예상하지 못했다.

"죄송해요. 아무래도 힘들 것 같습니다."

수열이 하도훈에게 던졌던 제안은 당분간 같이 일을 좀 하자는 것이었다. 수열에게는 건장한 신체가 필요했다. 동시에 비밀을 함구해줄 수 있는 사람이어야 했다. 급히 떠오른 사람이 현재는 남이라고 할 수 있을 딸의 전 남편뿐이었다.

"그럴 테지."

아직 공유신체가 필요하다는 말은 꺼내지도 못한 상황에서 거절당했다. 적당히 구슬려서는 설득하기 어려울 것 같았다.

수열은 점퍼 안 주머니에서 현금이 든 봉투를 꺼내 테이블에 내려두었다. 가은에게 주려다 주지 못한 돈이었다. 하도훈이 경제적으로 힘들다는 건 오래전부터 알고 있었기에 가장 현실적인 제안을 한 것이다.

봉투를 본 하도훈의 눈이 빛났다. 그러나 그 빛은 이내 소멸했고 예의 무기력한 눈빛으로 되돌아갔다.

"이러지 마세요."

"체면 차릴 필요 없네."

"장인어른 제안을 두고 고심한 건 돈 때문이 아닙니다."

"알고 있네. 하지만 이건 받아도 돼. 청탁비가 아니라 사죄의 의미니까."

"그게 무슨 말씀이세요."

수열의 입이 달싹였으나 쉽게 말이 나오지 않았다. 이혼했다고는 하나 어쨌든 도희의 친부였다. 수열로서는 가은에게 느끼는 죄책감을 하도훈 앞에서도 느낄 수밖에 없었다.

"알지 않나. 결국 다 나 때문이란 거."

"도희 일이라면 저는 사과받을 자격이 없습니다. 제가 무슨 자격으로······."

하도훈이 딸의 이름을 입에 올릴 때 목소리가 떨렸다.

수열은 사위에 대해 잘 몰랐다. 대개는 가은에게 들은 정보에 한정된 것이었다.

가은은 하도훈에 대해 무책임하고 비겁한 사람이라고 말했다. 물론 이혼을 앞두고 한 말이니 그게 남편에 대한 객관적인 평가일 수는 없을 것이다.

수열도 가은의 의견에 어느 정도는 동감했다. 그러나 한편으로는 사위가 그럴 수밖에 없었던 심정에 대해서도 이해가 됐다. 아비로서 자신이 가족 곁에 있는 게 도움이 아니라 방해되는 사실만큼 괴로운 상황이 또 있을까.

딸은 아빠 때문에 친구들에게 괴롭힘당하기 일쑤였고, 아내는 대인기피증에 걸려 장을 보기조차 쉽지 않았다.

현실적인 어려움도 따랐다. 소속사는 물론이고 광고주와 협력사로부터 막대한 손해 배상 피소가 이어졌다. 이미 무너질 대로 무너진 사위는 가족의 곁을 떠나는 게 유일한 선택지라고 판단한 것 같다. 빚만은 자기 혼자 떠안기로 말이다.

사실 수열로서도 사위의 심정을 처음부터 헤아렸던 것은 아니다. 처음에는 사위를 두고 죽일 놈 살릴 놈 하는 생각만 했다. 사위의 변명 따위는 귀에 들어오지 않았다. 온 세상이 사위가 거짓말한다고 떠들어댔으니까. 그러다 6년 전 사고가 있고 나서야 생각을 바꾸게 됐다.

수열 자신이 딸에게 죄인의 입장이 되고 보니 새삼스레 사위의 입장도 다시 생각해보게 됐다. 그라도 귀를 기울여주지 못했다는 후회가 새삼스레 들고는 했다. 그런 생각에 이후 두어 번 하도훈에게 술을 사주었다.

두 번째 술자리에서 사위는 아내에게조차 말하지 못한 속내를 수열에게 털어놓았다. 바위처럼 단단한 사람의 어깨가 들썩이는데 사는 게 다 뭔가 싶었다. 수열은 그날 처음으로 사위의 등을 다독여주었다.

"이혼을 후회하진 않나?"

"후회라면 이혼이 아니라 결혼을 두고 해야겠죠. 아, 가은이를 탓하는 게 아닙니다."

"일일이 해명하지 않아도 되네. 무슨 말인지 아니."

이 마흔 살 먹은 덩치의 속은 소년이었다. 어릴 적부터 운동만 해왔고 일찌감치 두각을 드러내면서 궂은일은 대신해주는 사람이 늘 따로 있었다. 그러니 그런 누명을 쓰도록, 일이 터지기 직전까지도 아무런 의심도 하지 못했을 것이다.

어릴 적부터 운동만 열심히 하면 저절로 성공이 따라왔는데 첫 실패라 할 위기가 쓰나미로 오고 말았다. 그건 무쇠 주먹으로도 프레스 같은 조이기로도 제압할 수 없었을 것이다.

"대신 하나만 더 묻지. 자네 인생을 바로잡을 기회가 주어진다면 어떡할 텐가?"

"제 생각에는 변함이 없습니다."

"한 번만 다시 생각해보게. 두 번 다시 안 물을 테니."

고민에 빠진 하도훈이 본능적으로 위스키병에 손을 대려다 멈칫했다. 그러고는 제 손을 결박하듯 깍지를 꼈다.

"제가 죽은 듯이 사는 게 가은이와 도희를 돕는 거예요. 장인 어른도 아시지 않습니까?"

결국 말할 수밖에 없다. 사실 수열이 하도훈에게 자세한 사정을 설명하지 않은 건 노파심 때문이었다.

도희가 유괴된 사실을 알면 이 덩치 큰 소년이 어디로 뛸지, 어떻게 일을 그르칠지 예측하기 어려웠다. 그러나 더 이상 사실을 숨긴 채 그를 설득하기는 어려워 보였다.

"실은 자네에게 숨긴 사실이 있네."

수열이 뒷말을 앞두고 날숨을 길게 뱉었다.

"도희가 실종됐네. 아니, 유괴라 봐야 정확하겠지."

"네?"

하도훈이 난해한 은유를 들은 듯 눈을 깜빡였다.

"아무래도 공유신체 관련 범죄에 연루된 것 같은데 경찰의 도움은 받기 힘든 상황이야. 그래서……."

"자, 잠깐만요. 도희가 유괴라니요? 그 말은 혹시…… 도희가 깨어났다는 건가요?"

"자세한 이야기를 하자면 기네. 확실한 건 시간이 많지 않아."

"말씀해주세요! 부탁드립니다."

수열이 손가락을 까딱거리며 고심했다. 타이밍이 문제지 결국 알려주긴 해야 했다.

"그러지. 대신 흥분하지 말고 듣게."

수열이 차분한 어조로 어제까지 있었던 일을 순차적으로 들려주었다. 그의 말을 듣는 하도훈은 비교적 차분했다.

그러나 도희의 공유신체 재활과 관련한 부분을 들을 때는 눈가가 움찔거렸다. 잠깐이지만 왕년의 파이터 모습이 스쳐 갔다. 가은이 마약 투약 혐의로 쫓기고 있다고 들을 때는 주먹으로 허벅지를 내리치기도 했다.

하도훈이 탐탁지 않은 표정으로 말했다.

"그래서 결론은 장인어른이 직접 수사하시겠다는 건가요?"

"뜬구름 잡는 소리로 들리겠지만 이 방법뿐이네."

"그러니까 지금 제 몸을 빌려달라고 말씀하시는 거군요."

하도훈이 생각에 잠겨 주먹을 내려다보았다.

"6년 전 사건과 이번 사건이 동일범의 소행일 수도 있다니 믿기지 않네요."

"다 나 때문일세."

수열이 고개를 떨구며 말했다.

"좋습니다. 하죠."

하도훈의 목소리에 수열이 천천히 고개를 들었다.

"이깟 몸뚱이가 필요하시다면 얼마든지 쓰세요. 단, 조건이 하나 있습니다."

조건? 수열은 아직 요구를 듣기 전이지만 불안했다. 하도훈이 무슨 말을 할지 넌지시 짐작됐기 때문이다. 당장 피가 배어 나와도 이상하지 않을 만큼 힘껏 쥔 주먹에서 억누르고 있는 그의 분

노가 고스란히 전해졌다.

"말해보게."

"다른 새끼들은 몰라도 우리 도희를 유괴한 그 새끼만은 꼭 제 손으로 처리하게 해주세요."

그건 곤란하다고 말해야 했다. 그러나 핏발 선 하도훈의 눈을 보며 차마 고개를 저을 수 없었다.

"알겠네. 약속 장소와 시간은 문자로 남기겠네."

§　　　　　　　**걸리버**　　　　　　　§

다음 날 오전, 걸리버 마포구 본사 앞.

공유신체 여행사 정문에서 만난 옛 장인과 옛 사위는 어색한 인사를 나눈 뒤 쭈뼛쭈뼛 여행사 로비로 들어갔다.

"두 분 모두 동의서에 서명하셨으니 아실 테지만 한 번 더 주의 사항을 설명해드리겠습니다."

두 사람의 접수를 돕던 공유신체 코디네이터가 손에 든 패드의 화면을 스크린에 띄웠다. 그녀는 자신의 설명을 좀처럼 알아듣지 못하는 두 사내 때문에 아침부터 진이 빠졌다.

"공유신체란 게스트가 임대한 호스트의 신체를 약정 기간 동안 점유해 사용하는 것을 말합니다. 그 과정에서 호스트의 의식은 일종의 동면 상태에 빠진다고 보시면 돼요. 저희는 이 상태를 의식 동면이라고 부릅니다."

수열이 의식 동면이란 용어를 속으로 되뇌는 동안에도 코디네이터의 설명은 계속됐다.

"기본적으로 임대 종료 여섯 시간 전부터 종료 안내가 나갑니다. 시간에 맞춰 안전한 장소에서 로그아웃을 진행해주시면 되고요. 만약 종료 시간이 지났는데도 로그아웃하지 않을 시 저희 사측에서 강제 종료를 진행할 수도 있습니다. 그 밖의 특이 사항으로는 매우 낮은 확률로 발생하는 간섭현상이 있을 수 있습니다. 아직 게스트가 로그아웃하지 않았는데 호스트가 의식 동면 상태에서 깨어나는 현상이라 보시면 돼요. 물론 게스트가 바로 로그아웃을 진행하면 별로 문제 될 게 없습니다만 혹시라도 두 의식의 공존이 길어진다면 심각한 문제를 초래할 수도 있습니다. 이점 각별히 양해 바랍니다. 혹시 더 궁금하신 사항 있으신가요?"

코디네이터의 설명이 끝났음에도 수열과 도훈은 넋 나간 얼굴로 스크린에 뜬 문장을 읽는 중이었다. 공유신체를 경험해본 적이 없는 두 사람으로서는 갑자기 먼 미래로 시간 여행을 온 기분이었다. 그런 가운데 수열이 간신히 질문거리 하나를 찾아냈다.

"그럼 공유신체를 쓰는 동안 게스트의 몸은 어떻게 관리됩니까?"

"좋은 질문입니다. 결론부터 말씀드리자면 게스트의 프라이버시는 철저하게 지켜집니다. 신체 기능 유지 장치에 들어간 상태로 외부인 출입이 철저하게 금지된 게스트룸에서 관리되니까요. 자, 이제 등급을 선택하실까요?"

스크린에 등급별 혜택과 비용이 도표로 떠올랐지만, 수열은 스크린을 보지도 않고 말했다.

"로열로 기한은 이 돈만큼."

수열이 데스크에 올린 현금 뭉치를 본 코디네이터의 표정이 굳어졌다.

"현금은 안 받나? 아니면 부족해?"

"아닙니다. 그런 게 아니라 없는 등급을 말씀하셔서요. 로열 등급은 없습니다."

수열은 뜻밖의 말에 당황했다. 로열 등급이 존재하지 않다니. 가은은 분명 로열 등급으로 호스트 일을 했다고 말했다.

"없으면 만들면 되지 않겠소?"

"다시 말씀드리지만 그런 등급은 없습니다. 가장 높은 등급을 말씀하시는 것 같은데 그러시다면 플래티넘 등급으로……."

"로열!"

"그건 곤란합니다, 고객님!"

수열과 코디네이터가 대치하는 통에 인근의 시선이 집중됐다. 그때 정장 차림의 직원 한 명이 코디네이터에게 다가왔다.

"무슨 일이시죠?"

"실장님, 그게 이분께서 있지도 않은 등급을 요구하셔서요."

실장이란 사람이 수열과 하도훈을 차례로 쳐다봤다. 그러다 수열을 보고 물었다.

"선생님이 게스트시죠?"

"그렇소. 죽기 전에 마지막으로 젊음을 불사르겠다는데 뭐, 이리 까다롭게 구는지 참."

"저희 직원이 신입이라 죄송합니다. 절 따라오시죠."

"봐, 없으면 만드는 게 능력이지. 쯧쯧."

수열이 코디네이터에게 면박을 준 뒤 실장을 따라 이동했다.

실장을 따라 도착한 곳은 채광이 좋은 사무실이었다. 그는 차 두 잔을 내와 수열과 도훈 앞에 내려놓았다.

"로열 등급은 어떻게 아셨나요?"

"어떻게 알긴. 친구 놈이 그만한 게 없다고 틈만 나면 떠드니까 알았지."

"하하. 하긴 로열 등급을 가장 많이 찾는 분들이 선생님 연배세요. 하지만 이게 문제가 좀 있어요."

"문제나 마나 입에 올리기 남사스러운 것들이겠지. 하지만 남들 다 하는 게 무슨 돈이 되겠어? 이런 걸 상품으로 팔아야지, 안 그래?"

수열이 로열 등급을 요청하는 가장 큰 이유는 위치추적을 당하지 않는다는 것과 블랙박스를 착용하지 않아도 된다는 점 때문이었다. 일반적으로 공유신체는 신체 대여 상황에서 발생할 수 있는 문제에 대해 증거를 남기기 위해 위치추적과 블랙박스가 장착된다. 그러나 가은의 말에 의하면 로열 등급은 그런 의무사항으로부터 자유로운, 철저하게 게스트 중심이었다.

"물론입니다. 솔직히 내 몸으로 할 수 없는 체험, 그걸 한다는 게 공유신체 여행의 가장 큰 묘미니까요. 고객님들이 그걸 극대화해서 즐기실 수 있게 해드리고자 만든 등급이 바로 로열 등급이고요."

"당신은 말이 좀 통하네."

수열은 능청스럽게 말하고는 있지만 꽤 긴장한 상태였다. 눈앞의 사내는 내내 웃는 낯이긴 해도 입으로만 웃지 눈은 웃고 있지 않았다. 일생을 범죄자들과 상대한 수열은 본능적으로 상대방 표정에 담긴 속내를 들여다볼 수 있었다. 눈앞의 사내는 상대의 속내를 파악하기 위해 노력하고 있었다.

"그건 그렇고 호스트를 직접 구해 오는 경우는 흔치 않은데 어떤 관계신지 여쭤도 될까요?"

실장이 노수열이 아닌 하도훈을 보며 물었다. 하도훈의 말을 듣고 싶은 눈치였다. 하도훈은 옆구리에 바늘이라도 찔린 듯 움찔하더니 힘없는 목소리로 입을 열었다.

"이분에게 빚이 조금 있습니다."

"조금? 이놈아, 그게 어떻게 조금이야!"

"죄송합니다."

"하여간 돈 꿔 가고 못 갚는 놈들은 정신머리가 글러먹었어."

두 사람의 대화를 엿듣던 실장의 눈가에 슬슬 주름이 잡혔다. 드디어 눈도 같이 웃기 시작했다.

"채무 관계라……. 그럴 수 있죠. 그런 거라면 정말 잘 선택하셨습니다. 이번 기회에 선생님은 빚을 탕감하시고, 사장님은 젊

음을 즐기시고. 이런 게 누이 좋고 매부 좋고 아니겠습니까. 기왕
공유신체 여행을 하는 건데, 이런저런 제한이 많은 것보다 마음
껏 누리는 게 좋죠. 뭐, 어쨌든 최소한의 리미트는 있지만요. 사
채 못 갚으면 장기도 떼 간다는데 이 정도면 아주 양호한 거죠.
그러니까 얼굴 좀 펴세요."

실장이 울상인 하도훈을 보며 만족스러운 표정을 지었다. 그
는 곧바로 어딘가로 내선 전화를 걸었다. 잠시 후 앞서와는 다른
코디네이터가 나타났다.

"로열 등급으로 안내해드려요. 그럼 좋은 여행 되세요."

수열과 도훈은 코디네이터를 통해 결재를 진행한 뒤 안내를
받아 이동했다.

"동반 입장 하시면 됩니다. 원래는 호스트실과 게스트실을 따
로 사용하는데 두 분 같은 경우는 굳이 그럴 필요가 없습니다."

코디네이터는 '도킹 룸'이라는 문패가 달린 문 앞에서 멈춰 섰
다. '도킹 룸'이란 글자 뒤에는 12라는 숫자가 붙어 있었다. 복도
를 내다보니 '도킹 룸'이라고 적힌 문패가 연속으로 보였고 저마
다 다른 숫자가 적혀 있었다.

"환상적인 여행 되세요."

코디네이터가 문가 인식표에 사원증을 가져다 대자 문이 스르
르 옆으로 밀려났다.

수열은 최대한 자연스럽게 건물 내부의 구조를 살폈다. 이 사
건에 공유신체 여행사가 연루되어 있을 가능성도 배제하기 어려

운 상황인 만큼 하나라도 더 파악해두는 편이 좋았다.

"어서 오십시오."

스튜어디스 복장을 한 젊은 여자가 두 사람을 맞았다. 얼른 보면 5성급 호텔의 객실에 여객기의 일등석을 옮겨둔 것 같았다.

수열과 도훈은 직원의 안내를 받아 안마의자를 닮은 좌석에 나란히 앉았다. 두 사람 다 처음 접하는 상황에 내심 긴장한 상태였다.

"커넥터 삽입 과정에서 다소 통증이 따를 수 있습니다. 이건 통증 완화와 의식 연결에 도움을 주는 성분으로 만들어진 것입니다. 준비되시면 복용해주세요."

직원이 알약 같기도 작은 사탕 같기도 한 고형체를 두 사람에게 건넸다. 하도훈은 곧바로 고형체를 삼켰지만 수열은 삼키는 척하며 슬쩍 주머니에 챙겼다.

잠시 후 두 사람의 목뒤에 의식이 전달되기 위한 장치들이 연결됐다. 터미널칩과 위성공유칩이 삽입됐고 이어 커넥터가 장착됐다. 일찌감치 최면에 빠진 도훈과 달리 수열은 아직 의식이 있었다. 마취 성분과 수면제 성분이 든 고형체를 복용하지 않은 탓이었다. 수열은 목덜미에서 느껴지는 날카로운 통증을 꾸역꾸역 참아냈다.

"공유신체화를 시작하겠습니다. 즐거운 여행 되십시오."

직원의 안내가 끝나자 두 사람의 몸에서 작은 경련이 일기 시작했다. 커넥터와 연결된 케이블을 통해 의식 전송이 진행되면서 수열의 의식이 강제로 끊겼다.

　가은은 간밤에 또다시 몰아닥친 금단현상과 사투하느라 모든 기력을 소진한 상태였다. 생각이란 걸 하는 자체가 힘들었다. 도희를 떠올리는 것조차 대단한 일을 처리하는 과정처럼 힘겨웠다.
　아빠가 곁에 없었더라면 버티지 못하고 뛰쳐나갔을지도 몰랐다. 어쩌면 이전의 건강한 삶으로는 영영 돌아갈 수 없을지도 모른다. 그걸 알면서도 이렇게 할 수밖에 없었던 건 도희가 의식을 회복할 수 있다는 희망 때문이었다. 그러니 도희를 잃어버린다면 그녀의 모든 희생은 무위로 돌아갈 운명이었다.
　가은의 주위로 빈 물병들이 널브러져 있었다. 간밤 사투의 흔적이었다.
　어느덧 도희가 사라진 지 사흘이 지났다. 형사들이 말하는 골든타임은 한참 넘긴 셈이다. 그런데도 아빠는 괜찮다고만 했다. 이번 유괴는 일반적인 경우와는 다르다고, 아빠의 판단이 맞는다면 아직 시간적인 여유는 있다고 했다.
　믿고 싶었지만 마냥 믿을 수는 없었다. 그녀를 안심시키고자 지어낸 말일지도 몰랐다. 오늘도 별다른 성과 없이 지나간다면 마냥 아빠만 믿고 있을 수는 없었다.
　가은이 눈에 들어오지도 않는 서류 자료를 의무처럼 뒤적거리고 있을 때 승강기 작동음이 들렸다. 승강기에 타고 있는 사람은 아침 일찍 나섰던 아빠거나 잠은 자기 집에서 자야 한다며 돌아간 아빠의 이상한 친구여야 했다.

그러나 하강하는 간이 승강기에서 다리부터 보이기 시작한 사람은 아직 얼굴이 드러나지 않았음에도 앞서 두 사람과는 거리가 멀었다.

설마 형사인가.

가은은 본능적으로 무기가 될 만한 것을 찾았다. 가은은 전기충격기를 전방으로 내민 채 불청객을 맞을 태세를 갖췄다.

"다, 당신이 왜?"

불청객의 얼굴을 본 가은의 눈동자가 커졌다. 하도훈. 불청객의 정체는 그녀의 전 남편이었다.

전기충격기를 든 팔이 힘없이 내려갔다.

"설마 아빠가 부른 거야?"

"나다. 아빠야."

말문이 막힌 가은에게 수열이 다가왔다. 공유신체 이후 아직도 걸음이 익숙하지 않아 어정쩡했다. 하도훈의 하체가 부실할 리는 없지만, 수열이 오랫동안 다리 감각이 없이 지낸 터라 제어하기 어려운 탓이었다.

"하 서방 몸을 빌리기로 했다. 미리 말하면 말릴까 봐 말 안 했고. 내키지 않겠지만 그냥 넘어가주면 좋겠다."

전 남편 모습을 한 사내가 아빠라니. 공유신체라는 걸 알면서도 짜증이 났다.

"하도훈, 그 인간이 자기 몸을 순순히 빌려줬어?"

수열이 슬쩍 고개를 끄덕였다.

"하. 믿을 수가 없네."

"제 자식 찾는 일이라는데 별수 있을까."

"그런 인간이······."

가은은 차마 말을 잊지 못했다. 이런 상황에서 전 남편 흉을
봐도 도움 될 게 없었다.

"하 서방 너무 원망하지 마라. 저도 말 못 할 사정이 있었겠지."

"알고 싶지도 않아."

수열이 슬쩍 가은의 눈을 피했다. 제 남편의 모습을 하고 있어
서일까, 이제껏 본 적 없는 표정이 딸의 얼굴에 나타났다.

"이거 사용법은 좀 익혔니?"

"어느 정도는."

가은은 지난 저녁 최상만에게 삐삐 사용법을 대강 배웠다. 복
잡한 기능이 있는 게 아니어서 어려울 건 없었다. 수열이 의미하
는 메시지만 마저 외우면 됐다.

"잘했다. 이따 최가 오면 네가 할 일을 알려줄 거야."

달고나 여행사에 도착한 최상만은 하도훈의 몸을 한 노수열을
보며 낄낄거렸다.

"공유신체라면 치 떨던 사람이 맞아? 다른 사람도 아닌 사위
의 몸을 빌리다니 오래 살고 볼 일이야."

최상만의 비꼬는 말투에 가은이 못마땅한 듯 고개를 돌렸다.

수열은 최상만의 농에 맞장구치는 대신 앞으로의 계획을 밝히기 시작했다.

"일단은 홍성익을 만나봐야겠어. 민감하게 반응하는 걸 보니 분명 뭔가가 있어."

"그런 다음엔?"

최상만이 목덜미를 긁으며 물었다.

"홍성익에게 일을 사주한 자가 있을 거야. 그자를 찾아내는 게 우선이야."

"그러니까 찾아내서 죽도록 팬 다음에 불게 하는 뭐, 그런 건가?"

"그거야 놈이 어떻게 나오느냐에 따라 달렸지. 홍성익이 뭘 하고 다니는지는 좀 알아봤어?"

"지금은 골프장에 있네."

"골프장이라……. 위치 좀 띄워봐."

"어렵지 않지."

최상만이 소파에서 허리를 세우더니 노트북을 만졌다. 금세 골프장 위치가 표시된 지도가 화면에 떴다.

＊

라운딩을 마친 홍성익은 시간을 확인하고 서둘러 주차장으로 향했다. 하익이가 하원할 시간이었다.

"미친 영감탱이."

이상한 노인네의 협박 전화 이후로 영 마음이 편치 않았다. 그렇다고 집에만 있기에는 좀이 쑤셔 골프장을 찾았다.

잡생각이 자꾸 들어서인지 평균 타수를 훌쩍 넘기게 됐고 뒤늦게 시간을 보니 하익이의 하원 시간이 다 되어갔다. 그는 빠른 걸음으로 차로 다가가며 하익이에게 전화를 걸었다.

"아빠, 나 수업 중인데."

"알지. 아빠가 오늘 조금 늦을 수도 있거든. 수업 끝났다고 혼자 집에 가지 말고 학원에서 기다려야 해, 알았지?"

"혼자 가도 되는데……."

"안 돼! 아빠 금방 가니까 꼼짝 말고 기다려."

홍성익이 차 문을 열다 말고 소리쳤다.

"화내서 미안. 아빠 말 들어야 게임팩 사주지."

"치. 알았어."

운전석에 오른 홍성익은 긴 한숨을 내쉬며 전화를 끊었다.

'젠장, 빌어먹을 영감탱이 하나 때문에 강제 통금 된 꼴이라니.'

그는 샤워도 하지 못하고 차로 직행한 터라 영 찝찝한 게 아니었다. 하지만 앞으로 며칠만 더 참으면 됐다. 상대가 출국 시간을 알고 그런 건지 아니면 우연인지는 모르겠지만, 기왕 이렇게 됐으니 가족 모두 이 나라를 뜰 생각이었다. 그러려면 이래저래 처리할 것들이 있어 시간이 좀 필요했다.

"급히 어딜 가려는 거지? 아들이라도 데리러 가는 건가?"

"다, 당신 뭐야?"

홍성익의 시선이 본능적으로 룸미러로 향했다. 룸미러 속에서 우락부락한 사내와 눈이 마주쳤다. 그와 동시에 안전벨트가 그의 목을 옥죄었다.

"컥, 너…… 너 뭐야?"

"묻는 말에 대답하면 알려주지."

"헛소리 집어치워!"

"의사니까 잘 알겠지. 이대로 경동맥을 조이면 몇 초 만에 사경을 헤매게 되는지."

목을 옥죄는 강도가 더욱 세졌다. 홍성익은 목을 파고드는 안전벨트를 향해 손을 허우적거리면서도 룸미러에 비친 사내의 얼굴을 살폈다. 버둥거리는 그와는 달리 사내는 전혀 힘든 기색이 없었다. 평범한 사람이라고 볼 수 없었다.

조금 전까지만 해도 전날 통화한 영감이 떠올랐으나 지금 자신의 목을 조르는 인간은 전혀 다른 사람이었다. 홍성익은 상대가 민형식 쪽 사람일 가망성이 크다고 생각했다. 민형식 쪽에서 보면 자신은 쓸모를 다한 셈이었고 그것은 또한 자신을 제거할 이유가 되었다.

"컥, 너 이 새끼, 민 사장이 보냈지? 다 말할 테니까 이, 일단 이것 좀 풀어……."

"이걸 어째. 진정성이 안 느껴지는데."

"말하라고 새꺄. 뭐, 뭐가 궁금한 건데?"

안전벨트가 살짝 느슨해졌다. 그러나 여전히 숨쉬기는 힘들었다.

"보고도 없이 한국을 뜨려고 했던데 왜지?"

"그, 그게 무슨 소리야? 당신네 쪽에서 뜨라고 한 거잖아!"

민 사장이란 사람이 시킨 일이라고?

보아하니 홍성익은 그를 민 사장 쪽 사람으로 여기는 눈치였다. 수열은 여전히 손에서 힘을 풀지 않은 체 머리를 굴렸다. 홍성익이 한 말은 공범으로 보이는 민 사장에게 출국을 지시받은 걸로 풀이됐다.

수열로서는 차라리 잘된 일이었다. 뒤가 구린 놈들을 상대할 때는 이이제이만 한 게 없다. 저희끼리 싸우게 두면 자연스레 허점을 보이기 마련이다. 이렇게 된 이상 일단 놈을 최대한 이용해야 했다. 그러려면 다음 멘트가 중요했다.

"물론 당신 혼자 뜨는 거면 문제 될 게 없지. 그런데 가족을 다 데리고 나가려면 문제가 되지 않을까?"

미끼는 던져졌다. 어제만 해도 홍성익은 혼자서 출국하려고 했고 알아보니 장기간 외국에 체류할 계획이었던 듯했다. 그런데 그게 의문이었다. 뭔가를 피해서 한국을 뜨려는 거면 애초에 가족을 다 데리고 가야 했다. 그런데 왜 혼자서 떠나려 했을까?

수열의 예상이 맞는다면 그는 가족까지 데리고 떠나면 안 되는 상황이었다. 실제로 최상만의 정보에 의하면 그가 집을 내놓기 위해 부동산을 알아본 경로와 아들의 전학 절차를 알아본 과정은 상당히 은밀했다.

"오, 오해야."

수열은 손에 힘을 더 주었다.

"큭!"

"말 잘해야 할 거야."

"시, 실은 어제 협박을 받았어."

"협박?"

"그게 웬 영감탱이가 전화를 해서는……."

"거짓말을 하려거든 좀 성의 있게나 하든지."

수열이 다시금 손에 힘을 주자 홍성익은 바들바들 몸을 떨었고 그의 발길질에 차가 쿵쿵거렸다. 수열은 이번에는 힘을 풀지 않았다. 마침내 홍성익은 의식을 잃고 축 늘어졌다.

홍성익이 정신을 차렸을 땐 장소와 시간이 바뀌어 있었다. 사위가 깜깜했고 그는 팔다리가 결박된 채 땅바닥에 널브러져 있었다.

"아악! 사, 살려주세요."

홍성익이 제 눈앞에 파인 구덩이를 보고는 허둥지둥했다.

"어디까지 했더라……."

구덩이를 빠져나온 수열이 삽을 든 채 홍성익에게 다가왔다.

"이봐, 왜 이러는 거야. 그러지 말고 민 사장한테 전화 좀 연결해줘. 이거 다 오해야, 오해!"

"그러니까 알아듣게 설명해보라니까. 해명할 시간은 충분히 줬잖아."

"노, 놈이 608호, 608호 물건에 대해 알고 있었어."

"608호?"

"왜 있잖아. 식물인간 여자애. 근데 그것만이 아냐. 내 아들이 장기이식 순서를 점프한 것도 알고 있었어."

"그게 네가 가족을 데리고 한국을 뜰 이유가 된다고 생각해?"

"모, 모르겠어? 놈이 내가 한 짓을 다 알고 있었다고! 내 아들에게까지 접근했는데 당신이라면 겁 안 나겠어? 놈이 아들한테 무슨 짓을 할지 모르는데?"

"그러니까 말야. 놈이 대체 왜 너한테 그런 짓을 하는 걸까? 무슨 목적으로?"

"그, 그건…… 나도 모르지."

"봐, 내 입장에선 변명으로밖에 안 들리잖아."

수열이 당장이라도 내리칠 것처럼 삽을 치켜들었다.

"멈춰!"

홍성익이 팔로 얼굴을 막으며 소리쳤다.

"생각해보니 놈이 달고나에 대해서도 알고 있었어."

달고나?

이번에는 수열도 적잖이 놀랐다. 달고나는 6년 전 그가 조사하던 사건의 유일한 단서였다. 다만 그 정체에 대해서는 오리무중이었다. 혹시나 해서 홍성익 아들에게 달고나를 주었던 건데 확실히 뭔가 있는 듯했다.

"맞아. 우리 중에 배신자가 있는 거야. 내가 아니라 당신네 윗 선을 족쳐보라고!"

윗선? 이번 일에 민 사장이란 자를 제외하고도 또 다른 배후가 있다는 건가?

원래대로라면 뭔가 더 캐내야 했지만, 그것보다 더 좋은 계획 이 생각났다. 괜히 더 말을 많이 섞었다가 정체를 간파당할 필요 는 없었다.

도희를 두고 608호 물건이라 말하는 인간, 그런 인간을 살려둬 야 한다는 사실이 괴로웠지만 몸통을 찾아내려면 별수 없었다.

"내 말 이해하지? 그러니까 이만 풀어줘. 난 아무 잘못 없다니 까."

"하긴……."

"……."

"민 사장 그 개새끼 처음부터 맘에 안 들었어."

"맞, 맞아. 나도 그 새끼 별로야. 당신 시키는 대로 할게. 그만 풀어줘."

"그래? 그런데 어쩌지. 난 민 사장 따까리의 도움은 필요 없는 데."

홍성익이 놀란 눈으로 수열을 바라봤다. 모르긴 몰라도 머리 를 쉴 새 없이 굴리고 있을 거다. 그러거나 말거나 수열은 삽을 치켜들었다.

"참고로 너 하나 죽는 걸로는 안 끝날 거야."

"이 개새끼야! 가족은 건들지 마!"

그건 내가 하고 싶은 말이야.

수열은 아랑곳없이 홍성익의 머리를 향해 삽을 내리쳤다. 뒤통수를 가격당한 홍성익은 그대로 의식을 잃고 쓰러졌다.

수열은 홍성익의 주머니에서 핸드폰을 찾아 꺼냈다. 그런 뒤 최상만이 챙겨준 기기를 핸드폰에 가져다 댔다. 블루투스로 스파이 앱을 설치해주는 기기였다. 핸드폰이 혼자서 작동하더니 곧 화면이 꺼졌다.

수열은 핸드폰을 다시 홍성익의 주머니에 집어넣고 현장을 벗어났다.

가은은 초조한 심정으로 하도훈을, 아니 노수열을 기다리고 있었다. 의식은 아빠라지만 혹시라도 문제가 생긴다면 그건 하도훈에게 생기는 셈이었다. 생각하면 눈물만 나게 하는 인간이었지만 어쨌든 도희 아빠였다. 그에게 생길 변고도 결코 듣고 싶지 않았다. 그저 어디선가 잘 사는 것도 못 사는 것도 아닌, 딱 궁상떨지 않을 만큼만 살기를 바라고 있었다.

"뭘 그리 걱정하고 그래. 전직 형사랑 전직 파이터가 합체해서 의사 놈 하나 상대하러 갔는데."

"남 일이라고 말은 참 쉽네요."

가은이 차갑게 응수했다.

"남 일 아냐. 내 노후가 걸린 일이지."

최상만이 능글맞게 두 팔을 펼쳐 들며 말했다. 그런 최상만을 보는 가은은 최상만 같은 아빠를 둔 자식은 어떤 기분일까 생각했다. 철부지 같지만 그래서 신경은 덜 쓰일 것 같았다.

가은에게 수열은 삶의 큰 버팀목이지만 그만큼 버겁기도 했다. 형사 대부분이 가정을 등한시하고 사건에만 매진하는 것과 달리, 수열은 꽤 가정적인 사람이었다. 업무로 바쁜 와중에도 딸 대신 손녀의 하굣길에 마중 나가주는 아빠였다.

그런 아빠이기에 때로는 형사라는 사실을 잊을 뻔한 적도 있다. 가은은 수열이 무서운 범죄자를 체포하는 장면은 상상할 수 없었다. 그러나 형사로서의 수열은 상당한 실력자였다. 듣기에는 불의를 보면 물불 가리지 않고 달려드는 사람이었고 그런 탓에 높은 검거율만큼 징계도 많이 받았다.

"그나저나 이런 걸 어디에 쓰려고 그러는지 참."

최상만이 삐삐를 만지작거리며 혼잣말을 했다. 그러다 뭔가 생각났다는 듯 화들짝 노트북을 켰다.

"어라. 성공했나 본데?"

최상만 말에 가은이 노트북 앞으로 부리나케 다가왔다.

"이게 뭔데요?"

"노가한테 스파이 앱 전송 장치를 들려 보냈거든. 그 의사 놈 폰에 심으라고 말이야."

최상만이 자판을 몇 번 두드리자 노트북 화면 핸드폰 이미지가 하나가 떴다.

"일종의 트로이의 목마 같은 거지. 이제 우리가 상대해야 할 놈들이 누군지 이 의사 양반이 알려줄 거야."

두 사람이 노트북 화면에 집중하고 있을 때 승강기가 움직였다.

"왔나 보네."

바짓자락과 소매가 흙투성이가 된 수열이 승강기에서 빠져나왔다.

"스파이 앱은 작동해?"

수열이 최상만을 보자마자 물었다.

"허허, 젊은 놈이 반말하는 것 같은 게 영 기분이 안 좋네."

"시답잖은 소리 집어치우고."

"된다. 아주 잘돼."

"근데 아직 동선 변화가 없네? 설마 죽인 건 아니지?"

"슬슬 깨어날 거야."

수열은 홍성익이 기절한 뒤 맥박을 확인했다. 정상적으로 뛰었으니 곧 의식을 회복할 거다.

"예상대로 홍성익은 단순히 조달책이었던 것 같아. 의사라는 신분을 이용해서 공유신체로 쓸 사람을 빼돌린 거지. 당연히 윗선이 있을 거라고는 생각했는데 뭔가 더 있는 눈치야."

수열의 말을 듣는 가은의 표정이 더 어두워졌다. 아빠의 말이 상대가 만만치 않다는 의미로 들렸기 때문이다. 그런 딸의 표정을 알아챈 수열이 말을 보탰다.

"내 예상이 맞는다면 홍성익이 민 사장이란 사람한테 연락하거나 찾아갈 거야. 민 사장이란 자부터 이 범죄를 주도한 인물로 봐도 무방할 테지."

수열이 가은에게 다가가 슬쩍 어깨를 다독였다.

"도희가 어디에 있는지 곧 알 수 있을 거야."

가은은 전 남편의 모습을 한 수열에 흠칫했으나 곧 그의 품에 안겼다.

＊

홍성익이 움직임을 보인 건 다음 날 오후였다. 의식이라면 전날 저녁에 회복했고 곧장 집으로 이동하는 동선이 스파이 앱을 통해 전송됐다. 그러나 이후로는 골프장은 고사하고 집 앞 편의점조차 가지 않았다.

딴에는 부지런히 머리를 굴리고 있겠지만 결과는 같을 거라 결국 민 사장에게 연락할 수밖에 없을 거라고 수열은 생각하고 기다렸다.

홍성익은 자신이 목숨을 잃을 뻔했고 가족까지 위험한 상황이라고 판단한다면 가만있을 수만은 없을 것이다. 더군다나 그 역시 경찰의 도움은 바랄 수 없으므로 내부에서 해결책을 모색해야 할 테니까.

"모여봐!"

최상만의 다급한 외침에 수열과 가은이 노트북으로 다가갔다.

"통화를 시도하고 있어."

최상만이 노트북의 볼륨을 높였다. 이윽고 홍성익이 통화하는 소리가 들리기 시작했다.

"국제 발신이 아니네요?"

먼저 들린 건 저음의 사내 목소리였다.

"그게, 일이 좀 틀어졌습니다."

"허허, 무슨 수작이죠? 코인이라면 충분한 걸로 아는데."

"그런 게 아닙니다. 아무래도 배신자가 있는 것 같아요."

"……."

"어제 저 죽을 뻔했습니다. 살해될 뻔했다고요."

"원한 살 일을 많이 했나 보지."

"장난이 아닙니다."

"나야말로 장난할 기분이 아냐. 헛소리 말고 당장 출국이나 해."

민 사장으로 추측되는 인물이 피곤하다는 듯 말했다. 반면 홍성익은 썩은 동아줄이라도 움켜쥔 듯 절박해 보였다.

"당신 윗선이 날 죽이려고 했단 말입니다. 그게 무슨 의민지 모릅니까?"

"이봐, 의사 선생. 당신 하는 말을 들어보니 진짜 죽을 때가 됐나 보군. 윗선? 누가 내 윗선이라는 거야?"

사내의 압박에 홍성익은 바로 반박하지 못했다.

"어, 어쨌든 나를 포함해 내 가족의 신변을 보장해주시오. 후불로 받기로 한 코인을 대가로 지불하겠소."

"하하. 이놈이고 저놈이고 날 뭐로 아는 거야? 지금 나와 거래를 하시겠다?"

"그 정도는 해줄 수 있지 않습니까?"

"좋아. 자세한 건 만나서 얘기하지. 2시까지 별장으로 와."

두 사람의 통화가 끝나자 최상만이 주먹을 불끈 쥐었다.

"빙고."

웃는 건 최상만 혼자였다. 수열도 속으로는 쾌재를 불렀지만 웃음이 나오지는 않았다. 이제 그가 가야 할 곳은 어둠의 핵심이었다. 웃는 건 도희를 무사히 구출해낸 뒤에도 늦지 않았다.

"이제 어떡할 거야?"

역시나 초조한 마음을 애써 억누르고 있는 가은이 말했다. 이제 곧 딸을 찾게 될지도 모른다는 기대와 혹시나 모를 불상사에 대한 두려움이 섞여 다리가 떨려왔다.

"일단 홍성익이 움직일 때를 기다리는 수밖에."

홍성익으로서는 다소 위험 부담이 따르더라도 민 사장을 만나러 갈 것이다. 꼴에 아비라고 자기 자식은 애지중지 여기니 말이다.

오후 2시를 앞두고 드디어 홍성익이 움직이기 시작했다. 홍성익이 향한 곳은 경기도 양평이었다. 지도를 보니 주변에 다른 민가가 없는 한적한 장소였다.

스크린에 띄운 지도를 보며 수열이 물었다.

"여기 CCTV 딸 수 있나?"

"아무리 나와 내 유능한 AI 비서라도 그건 어려워. 누군가 직접 회선을 따면 모를까."

"당장은 방법이 없다는 건가……."

"그렇다고는 안 했는데? 아니, 형사였단 사람이 위성사진도 모르나?"

최상만이 곧바로 위성사진을 볼 수 있는 프로그램을 구동시켰다. 곧 별장을 포함해 인근 부지가 스크린에 펼쳐졌다. 별장 자체도 백여 평이 넘는 규모로 보였고 부지는 천 평이 넘는 듯했다. 부지를 나무가 빼곡하게 둘러싸서 밖에서는 안을 보기 어려운 구조였다.

"이게 영상은 아닌데 사진을 이삼 초 단위로 송출하는 시스템이거든. 이걸 연결해서 보면 제법 영상 느낌이 나."

최상만의 말이 끝나자 스크린 사진에 미세하게 움직임이 보였다. 주로 나뭇잎처럼 바람에 흔들리는 것들의 미세한 변화였다. 별장 주위와 정문에는 보안 요원들의 움직임도 보였다. 얼른 보기에도 경비가 삼엄했다.

"이거 잠입하기가 쉽지 않겠는데……."

최상만이 절레절레 고개를 저었다. 수열 역시 생각이 복잡해졌다. 아무리 하도훈의 몸을 하고 있다지만 혼자서 무력으로 뚫고 들어가긴 무리였다. 우격다짐으로 들어간다고 해도 그 경우

원하는 정보는 얻지 못할 공산이 컸다.

그때 가은이 나지막이 신음하며 이마를 짚었다.

"왜 그러니?"

수열이 비틀거리는 가은을 부축하며 걱정스러운 표정을 지었다.

"나 저기 가본 것 같아."

그 말에 두 사람이 동시에 가은에게 집중했다.

"네가 저길 어떻게……."

수열은 말을 하다 멈칫했다. 가은이 마약에 중독된 상태란 사실이 생각난 탓이었다.

설마, 저 별장에서?

그러나 가은이 설사 별장에서 마약을 했다고 한들 그건 가은이 아니었다. 가은의 몸을 빌린 다른 사람이 벌인 행위였다. 따라서 가은이 기억하기는 어려웠다.

"한 번뿐이긴 한데 공유신체 상태에서 간섭현상이 있었어. 잠깐이지만 그때 본 장소가 저기였던 거 같아."

"확실한 거 맞아?"

"그런 거 같아."

수열은 어쩌면 무력을 쓰지 않고 별장에 잠입할 방법이 생각날 것도 같았다.

"가은아, 공유신체 했을 때 말야. 게스트가 단골이었니?"

"그럴 거야. 아무래도 약쟁이들은 호스트를 자주 바꾸는 걸 싫어하니까"

수열의 머릿속에서 별장에 잠입할 방법이 구체화되기 시작했다. 가은의 말대로라면 별장은 비밀리에 마약 클럽이 운영되는 장소일 것이다. 저 정도 은밀한 장소에서 마약 클럽을 운영하는 거라면 소수의 VIP만을 상대한다고 봐야 했다. 따라서 가은의 몸을 대여한 게스트도 그 VIP 단골 중 한 명일 거다.

문제는 이 상황에서 가은이 직접 나서야 한다는 점이었다. 가은이라면 고객으로 보일 수 있을 테니까. 하지만 위험했다. 수열 자신이 경호원으로 따라간다고 해도 가은의 안전은 보장할 수 없었다. 이런 이유로 수열은 애써 생각해낸 계획을 입 밖으로 꺼내지 못했다.

"내가 가야 하는 거 맞지?"

수열이 다른 차선책을 찾아 머리를 굴릴 때 가은이 먼저 입을 열었다.

"안 돼. 그건 너무 위험해."

약쟁이들이 모여 있는 장소다. 삼엄한 경비에서 짐작할 수 있지만 별장에 방문하는 사람들은 사회 전반에 걸친 막강한 권력자일 것이다. 만일의 경우 사람 하나쯤은 간단히 해치울 수 있는 자들이란 의미였다.

"아빠가 있잖아."

"안 되는 건 안 되는 거야."

부녀의 대화를 엿듣던 최상만이 슬쩍 말을 보탰다.

"끼어들어서 미안한데 이번엔 딸 말이 맞아. 그 방법밖에 없어."

세 사람 사이에 침묵이 감돌았다. 세 사람 다 각자 입장에서 정답을 말한 탓이었다. 머리가 어지러워져서인지 수열로서도 좀처럼 다른 계획이 떠오르지 않았다.

가장 먼저 침묵을 깬 건 수열이었다.

"잠입에 성공한다고 해도 신분을 들키는 건 시간문제야. 모르긴 몰라도 저길 이용하는 사람들은 대부분 공유신체 상태겠지. 하지만 자기들끼리는 겉모습 속에 숨어 있는 진짜 신상을 알고 있을 거야."

수열은 잠입 작전에서 가은을 배제시키기 위한 논리를 펼쳤다. 그런 수열에게 최상만이 찬물을 끼얹었다.

"자네 딸의 몸을 빌렸던 작자를 알아낸다면?"

"그렇게 되면 제가 그 사람인 것처럼 연기할 수 있겠네요. 그런데 게스트가 누구였는지 알아낼 수 있어요?"

"흠, 방법이 전혀 없진 않지."

여전히 탐탁지 않은 표정의 수열과 달리 가은의 얼굴에는 기대감이 비쳤다.

"그런데 그러려면 일단 걸리버에 잠입해야 해."

최상만의 말을 요약하면 다음과 같았다. 공유신체 여행사의 고객 신상과 관련한 파일 관리망은 웬만해서는 뚫기 어렵다는 게 전제였다. 그러니 일차원적인 방법으로 접근해야 한다고 했다.

"그러니까 결국 출력이 된 문서를 찾아야 한다는 거잖아."

"맞아."

"하지만 보안 층은 잠입 자체가 불가능하다면서?"

"물론 외부에서 잠입하는 건 어렵지. 하지만 내부에서라면 가능하지 않을까?"

수열과 가은은 최상만이 한 말의 의도를 몰라 서로의 얼굴만 바라봤다. 그러다 가은이 뭔가 생각났다는 듯 손가락으로 수열의 얼굴을 가리켰다.

"왜? 뭐가 묻었니?"

"그게 아니라 아빠 말야. 아빠 지금 걸리버 내부에 있잖아."

"아!"

수열 또한 비로소 최상만의 의도를 간파했다. 하지만 고객 정보를 빼낸다 해도 여전히 가은이 별장에 잠입해야 한다는 점은 변함이 없었다. 수열은 한참을 고심한 끝에 다른 방법이 없다는 사실을 받아들여야 했다.

"별수 없지. 계획은?"

수열이 최상만에게 물었다. 최상만이 노트북 자판을 만지기 시작했다. 그러자 잠시 후 3D 프로젝터에 걸리버 본사의 입체투시도가 펼쳐졌다.

"지금 자네가 있는 곳은 5층 여기야."

5층의 한 지점에서 붉은 점이 점멸했다.

"고객 리스트가 보관돼 있을 장소로 가장 유력한 곳은 7층 문서고고."

이번에는 7층의 한 지점에서 파란 점이 점멸했다.

"걸리버의 주 보안 층은 로비 층이야. 로비에서의 출입자 관리는 삼엄한데 일단 거기만 돌파하면 일반 회사랑 별반 차이가 없더라고. 특히 로열 등급 고객은 직원 중에서도 소수 인원밖에 모를 테니 자넬 알아보는 사람은 많지 않을 거야."

"하지만 휠체어를 타고 다닌다면 시선을 끌지 않겠어요?"

가은이 걱정 섞인 목소리로 말했다.

"노노. 공유신체를 즐기는 사람 중 노가 같은 사람이 적을까."

최상만의 말이 맞았다. 공유신체 여행의 꾸준한 이용자 중에는 신체장애가 있는 사람이 적지 않았다.

"하지만 고객이 문서고에 들어갈 일은 없잖아요? 분명 의심받을 거예요."

다시 한번 가은이 우려를 표했다. 그러나 최상만은 여전히 득의만만한 얼굴이었다.

"요새 회사에 직원이 얼마나 될 것 같아?"

그러고 보니 수열이 걸리버에 방문했을 당시에도 직원은 잘 보이지 않았다.

"아마 문서고의 경우에는 따로 상주하는 직원이 없을 거야. 도서관의 보존 서고랑 비슷한 셈이지. 문제는 출입문을 열려면 사원증이 필요한데 그 정도는 내가 힘써봐야지, 뭐."

최상만은 디지털도어 해제 프로그램을 구해 수열의 핸드폰 번호로 전송해두기로 했다. 수열도 바로 로그아웃할 준비를 했다.

"조심해, 아빠."

소파에 누운 수열을 보고 가은이 걱정스러운 표정을 지었다. 수열은 가볍게 고개를 끄덕인 뒤 제 손으로 목덜미 하단에 삽입된 칩의 버튼을 꾹 눌렀다.

주지육림(酒池肉林)

수열이 의식을 차린 곳은 캡슐 형태의 신체 기능 유지 장치 안
이었다. 캡슐 안으로 희미한 푸른빛이 감돌았지만, 외부는 보이
지 않았다. 그는 주변을 살피다 수동 오픈 버튼을 찾아 눌렀다. 캡
슐 덮개가 열리자 비로소 주위의 풍경이 눈에 들어왔다. 수십 개
의 캡슐이 줄지어 있었다. 얼른 보면 관이 보관된 곳 같았다.

그는 전동 휠체어를 찾아 두리번거렸지만 얼른 눈에 들어오지
않았다. 대신 가까운 곳에 일반 휠체어 몇 대가 있었다. 수열은
팔심만으로 캡슐에서 빠져나오기 위해 사력을 다했다. 불과 조
금 전까지만 해도 기운이 넘쳤는데 지금은 불과 1미터를 이동하
기도 쉽지 않았다. 새삼 사람들이 공유신체에 열광하는 이유를
알 것도 같았다.

젊음은 부정할 수 없이 찬란한 것이고 무엇과도 바꿀 수 없는

것이다. 그러니 젊고 건강한 신체에 대한 열망은 어찌 보면 당연했다. 문제는 그 열망이 탐욕의 수준으로 변질된다는 점이었다. 돈 많은 늙은이가 손주뻘 되는 사람의 몸을 빌려다 무슨 짓을 하고 다닐지 상상하면 역겨웠다.

바닥을 기어 휠체어에 도착했을 때 수열의 몸은 땀범벅이었다. 도훈의 몸으로 허리까지 오는 구덩이를 팠던 일도 지금에 비하면 숨쉬기 운동 수준이었다. 갑작스레 몰려드는 비참한 현실이 서글프기도 했지만 그 역시 혈기 왕성한 시절이 없던 건 아니었다.

그거면 됐다. 나이가 들면 기력이 떨어지고 허약해진다는 사실만큼 공평한 게 또 있을까. 그 공평에서 오는 겸손이야말로 사람을 사람답게 하는 걸지도 몰랐다.

휠체어에 올라탄 수열은 슬쩍 휠체어 바퀴를 굴려보았다. 그가 힘을 준 만큼 바퀴가 굴러가는 게 미묘한 성취감을 주었다. 어쩌면 그가 자신감을 잃었던 건 하반신 불구가 되어서가 아니라, 뭔가를 스스로 해내는 즐거움을 하나둘 잊어가고 있기 때문인지도 몰랐다.

복도에는 인적이 없었다. 수열은 곧장 엘리베이터로 이동했다.

5층에 도착한 엘리베이터에는 고객으로 보이는 노인과 남직원 한 명이 타고 있었다. 수열을 본 직원이 가볍게 묵례했다. 수열도 가볍게 묵례한 뒤 노인에게 슬쩍 말을 붙였다.

"여행을 떠나시는 거요, 아님 마친 거요?"

"이제 갑니다."

수열이 너스레를 떠는 척하는 사이 엘리베이터가 7층에 도착했다.

"좋겠수다. 즐거운 여행 되슈."

"맥두요."

"여행도 좋지만 난 화장실부터 가야겠수다."

수열은 무표정한 얼굴의 직원이 마음에 걸려 엘리베이터를 나서면서까지 애써 자연스러운 척 연기했다. 엘리베이터의 문이 닫힌 걸 확인한 수열은 서둘러 문서고를 찾기 시작했다.

문서고는 복도 끝에 있었다. 이동하는 중에 직원 한 명과 스쳤지만 수열은 경로에 있던 화장실에 들어가는 척하고 피했다가 문서고 앞에 도착했다. 그러나 아직 최상만이 보내주기로 한 도어락 해제 프로그램이 전송되지 않은 상태였다.

초조한 심정으로 기다리는데 복도의 코너 너머로 발소리가 들리기 시작했다.

'제발!'

발소리가 점점 가까워졌고 수열은 일단 몸을 숨겨야 한다는 판단에 문서고 앞을 떠나려 했다. 그때 마침 스마트워치가 진동했고 최상만이 보낸 파일이 떴다. 수열은 서둘러 프로그램을 설치한 뒤 인식기에 가져다 댔다. 인식기가 여러 번 점멸하더니 이내 문이 열렸다.

문서고의 자료는 상상했던 것보다도 훨씬 방대했다. 무턱대고 접근했다가는 한 달이 걸려도 원하는 자료를 찾기 어려워 보였다. 일단은 로열 등급을 의미하는 인덱스를 찾는 게 급선무였다.

수열은 로열의 영문 표기나 'S'가 들어간 표기, 왕관 문양 등을 집중적으로 찾았지만 헛수고였다. 온통 수열로 된 인덱스뿐이었다. 더군다나 수동 휠체어를 타고 다녀야 해서 높은 위치에 있는 문서는 제대로 살펴보기도 어려웠다.

점점 조바심이 들 때 문이 열리는 소리가 들렸다. 문서고에 들어오기 전에 들었던 발소리 같았다. 수열은 책장 뒤로 몸을 숨겼다.

"제대로 본 거 맞아요?"

"네. 분명 휠체어 탄 노인이 7층에서 내렸어요. 아까는 대수롭지 않게 생각했는데 생각해보니까 7층에는 고객이 올 이유가 없잖아요."

"뭐, 착각해서 잘못 내렸겠지. 그런 사람 종종 있잖아."

"그렇긴 한데, 어쨌든 한번 둘러나 보죠."

"거참, 그런다고 월급 더 안 준다니까."

수열은 두 사내의 대화 내용으로 미루어 한 사람은 엘리베이터에서 본 직원이라 생각했다. 남은 한 명은 보안 요원일 것이다.

두 사람의 발소리가 점점 가까워졌다. 모든 계획이 수포로 돌아갈 위기였다.

수열은 두 사람으로부터 거리를 벌리기 위해 조심조심 휠체어 바퀴를 굴렸다. 그러다 책장에서 지금까지 본 것과는 다른 인덱스를 발견했다. 달고나 문양이었다.

'이거다.'

문제는 발소리가 점점 가까워지고 있다는 사실이었다. 수열은 다급히 스마트워치로 최상만에게 메시지를 보냈다. '보안 요원 접근 중'이라는 짧은 메시지였다.

수열은 속으로 다시 한번 '제발'을 외치며 마음을 졸였다. 잠시 뒤 어디선가 핸드폰 알림음이 들렸다. 수열의 핸드폰은 무음 상태였으니 직원과 보안요원 중 한 사람의 것이었다.

"젠장!"

"뭔데요?"

"브루트 포스(Brute force)야."

"그게 뭔데요?"

"사이버 공격 당하고 있다고!"

다급한 대화와 함께 발소리가 빠르게 멀어졌다. 최상만이 손을 쓴 게 분명했다. 수열은 참았던 숨을 내쉬며 달고나 형태의 인덱스가 있는 책장으로 접근했다.

예상대로 달고나 인덱스가 있는 칸에는 로열 등급 고객들의 신상 정보를 담은 서류가 꽂혀 있었다. 서둘러 살펴본 수열은 자신과 도훈의 신상이 적힌 서류도 발견했다. 서류에는 공유신체 신청서 작성 당시 수열이 직접 기재한 것보다 더 많은 정보가 담겨 있었다.

수열은 자신의 파일을 본래 자리에 돌려두고 계속해서 가은의 파일을 찾았다. 몇 차례 더 허탕 친 끝에 마침내 가은과 가은의 게스트 신상이 적힌 파일을 찾을 수 있었다. 그는 해당 파일을 사진으로 찍은 뒤 곧장 최상만에게 전송했다.

목적을 달성한 수열은 서둘러 자리를 뜨려고 했다. 그런 그의 눈에 특이한 인덱스 하나가 보였다. 달고나를 제외한 나머지 인덱스가 수열로만 이루어진 데 반해 유일하게 알파벳 이니셜로 된 인덱스였다.

'HR?'

마음이 급했지만 도저히 그냥 지나칠 수 없었다. 결국 해당 인덱스가 달린 칸의 파일을 펼친 순간 수열의 눈동자가 커졌다. 얼마나 놀랐는지 손에 든 파일을 놓칠 정도였다.

'이럴 수가!'

∗

홍성익의 신분을 확인한 경호원들은 별다른 제지 없이 통과시켰다. 민형식은 별장의 넓은 홀에서 그를 기다리고 있었다. 그는 혼자서 늦은 점심을 먹는 중이었다.

"진짜로 오셨네?"

민형식은 홍성익에게 눈길조차 주지 않고 스테이크를 써는 데 열중했다. 홍성익은 테이블의 반대편 의자에 앉아 민형식과 마주했다.

"민 사장, 안전가옥 하나만 내줘요. 한 달, 아니 한 주만이라도 부탁드립니다."

민형식은 홍성익이 말을 하거나 말거나 스테이크를 입에 넣고 우물거리기만 했다.

"후, 후불로 지불받기로 한 코인의 반을 드리겠습니다. 2500코인이면 그 정도는 해줄 수 있지 않습니까?"

뭔가에 쫓기는 듯한 홍성익은 여전히 생생한 공포에 목소리가 떨렸다. 반면 그런 홍성익을 대하는 민 사장은 무표정한 얼굴이었다.

"그사이 대금을 반으로 줄였네?"

"반은 내 가족의 안전보장이 확실해지면 지불하겠습니다."

"지금 내 흉내라도 내는 거요?"

민형식이 껄껄 웃었다. 그러나 곧 웃음기를 거두고 냉소적으로 말했다.

"아니, 그 전에 그 돈이 지금 당신한테 있습니까?"

"그건 아니지만 어차피 받기로 한 돈 아닙니까."

"의사면 머리가 좋아야 하는 거 아닌가? 며칠 전 일을 나 같은 놈보다 기억 못 하면 어쩌자는 거야."

"그, 그게 무슨 소립니까?"

민형식이 나이프를 접시에 내려놓았다. 차가운 금속성 소리가 홍성익에게는 유독 날카롭게 들렸다.

"내가 정한 기한 동안 비밀을 유지했을 경우, 그때 준다고 했을 텐데?"

"비밀이라면 철저하게 지키겠습니다. 내 목숨을 걸고 맹세할 수 있소."

"꼴에 의사라고 당신 목숨이 되게 값비싼 줄 아나 보지?"

"민 사장, 그러지 말고 부탁 좀 들어주시오."

"난 이미 당신에게 기회를 줬어. 당신은 모르겠지만 심지어 목숨도 한 번 살려줬다고. 왜? 성가신 일 만들기 싫어서. 그런데 지금 당신 때문에 상당히 성가셔지려고 한단 말이야. 이 말이 무슨 의민지 알아?"

"민 사장!"

"당신을 살려둘 이유가 사라지고 있다는 말이야!"

민형식의 단호한 태도에 홍성익의 표정도 변해갔다. 그는 앞으로 쏠렸던 허리를 바로 세운 뒤 무릎 위에 있던 손을 테이블 위에 올렸다.

"모르는 체한다면 나도 가만히 앉아서 당하진 않을 겁니다."

홍성익은 이판사판이란 심정으로 도발을 감행했다. 민형식은 그런 홍성익을 투명 인간 취급하며 벌컥벌컥 물을 마셨다.

"자수하겠소."

홍성익과 마주한 이레 처음으로 민형식의 눈가가 꿈틀거렸다.

"끝내 제 무덤을 파는군."

"당신이 날 돕지 않는다면 어차피 죽을 목숨인데 못 할 게 뭐 있겠소."

민형식은 바로 대꾸하지 않고 홍성익을 노려보았다. 그러다

피식 웃으며 입을 열었다.

"좋아. 어떤 놈이 설치고 다니는지 어디 들어나 보지."

"물 한 잔만 주시오."

민형식이 부하에게 손짓하자 곧 물이 담긴 와인 잔을 내왔다. 갈증이 심했던 홍성익이 단숨에 잔을 비웠다.

"한 놈이 아니었소. 내 신상을 알고 있었고 민 사장 당신에 대해서도 아는 눈치였소."

"조직적으로 움직이는 놈들이다?"

"민 사장 당신이 아니면 누구겠소?"

"또 윗선 타령을 하려는 건가?"

민형식은 헤라를 떠올리며 물었다. 헤라가 홍성익을 제거할 이유가 있을까? 딱히 떠오르는 이유는 없었다.

물론 이용 가치가 다한 의사의 입을 확실히 막아두고 싶은 생각은 있을 수 있다. 홍성익은 이미 적지 않은 물건을 대왔고 꼬리를 자를 때가 와서 자른 것뿐이었다. 그러나 굳이 제거할 필요까지는 없었다. 설령 홍성익을 죽일 생각이었다고 한들 직접 나설 이유가 없었다.

"조금 다른 이야기를 해볼까? 그 재활치료사, 없는 인간이던데 그 부분에 대해 나한테 할 말 없어?"

"그, 그게 무슨 소립니까?"

"당신이 재활치료사 역할도 한 거 맞지?"

"……."

"내가 의사 선생 손을 잡은 건 절실함 때문이었어. 아들내미 살리겠다고 아등바등하는 꼴을 보니 꽤 감동적이더란 말야. 그런데 욕심이 과했어. 아들 수술도 잘 마쳤고 노후 자금도 그 정도면 충분했을 텐데 나를 속여?"

"재활치료사라면 어차피 누가 하든 상관없는 거 아닙니까?"

"돈에 눈이 멀면 시야가 머는 법이지. 당신이 재활치료사 역할까지 하는 통에 의사란 사람이 틈만 나면 자리를 비워대는데 병원에 있는 사람들 눈에 정상적으로 보였을까?"

"그, 그거야……."

"물론 운이 좋으면 그냥저냥 잘 넘어갈 수도 있겠지. 문제는 우리 사이에 신뢰가 깨졌다는 거야."

홍성익은 비로소 사태의 심각성을 깨달았다. 제 발로 호랑이 굴에 들어오고 말았다는 후회마저 들었다. 민 사장 옆에 서 있는 거구의 사내는 민 사장의 명령만 내려지면 당장 홍성익의 목을 부러뜨릴 것처럼 섬뜩한 표정을 짓고 있었다.

"애석하게도 이제 당신을 살려둬야 할 이유가 남아 있지 않아."

"사, 살려주시오. 내 생각이 짧았소."

민형식이 빈 접시를 옆으로 밀며 차갑게 말했다.

"치우고 손님 받을 준비 해."

홍성익이 잽싸게 일어나 현관으로 달아나기 시작했다. 그러나 현관문을 여는 순간 덩치 큰 사내에게 앞이 막혔다.

민형식은 부하들이 홍성익을 어디론가 끌고 가는 모습을 보며 미간을 구겼다. 뭔가가 있었다. 아무리 생각해도 현 상황에서 헤라가 움직일 이유가 없었다.

민형식 역시 언젠가 됐든 헤라와의 관계가 틀어질 수도 있다고 염려하고 있었다. 하지만 최소한 그게 지금은 아니었다. 지금은 피차 동업자 관계를 유지하는 편이 나았다. 결국 다른 누군가가 혹은 세력이 움직이고 있다고 봐야 했다.

생각을 정리한 민형식이 곁에 있던 부하에게 말했다.

"오늘 밤에 오기로 한 고객 리스트 갖고 와봐."

성공하는 사람들은 남들이 기피하는 일에 뛰어든다. 그게 민형식이 생각하는 블루오션이었다. 싫어하는 일을 해야 돈이 되는 법이다. 민형식은 살인이 싫지만, 그건 다른 사람들도 마찬가지였다. 그러니 가끔은 싫어도 할 수밖에 없었다.

＊

"병원장이라, 그것도 한국대병원 원장?"

최상만이 수열에게 전송받은 문서 사진을 보며 흥미롭다는 표정을 지었다.

가은도 스크린에 뜬 게스트의 신상을 읽고 있었다. 놀랍게도 이소해 한국대병원장이 그녀의 단골 게스트였다. 대학병원 원장이 마약중독자였다는 사실보다도 그녀가 도희가 입원해 있던 병원의 원장이라는 사실이 더 충격적이었다.

"어떻게 됐어?"

막 공유신체로 돌아온 수열이 머리를 감싸 쥐며 물었다. 가은은 대답 대신 묵묵히 스크린을 응시했다. 그녀를 대신해 최상만이 입을 열었다.

"어쨌든 잘 찾아낸 것 같아. 이제 자네 딸이 저 데이터를 달달 외우는 것만 남았군."

저녁 8시가 되자 스크린에 뜬 위성사진으로 별장에 진입하는 차가 하나둘 나타나기 시작했다. 수열과 가은도 이미 별장 근처에서 대기하고 있었다.

"이거 차야지."

수열이 삐삐를 가은에게 건넸다. 핸드폰을 압수당할 경우를 대비해서였다. 마침 가은의 게스트가 의사니 핑계 댈 명분은 있었다.

이제부터 가은의 신분은 한국대병원장 이소해였다. 수열이 위장할 신분을 두고 고민이 많았다. 처음에는 수행 비서로 위장할 계획이었지만 수행 비서는 따로 대기실이 있을 가망성이 컸다. 그래서 이소해의 파트너 신분으로 위장하기로 계획을 바꿨다.

"명심해야 해. 절대 서둘러서는 안 돼."

가은이 마지못해 고개를 끄덕였다. 그러나 수열을 안심시키기에는 영 미덥잖은 고갯짓이었다. 도희가 유괴된 데다 가은의 몸은 마약에 중독된 상태였다. 도희를 찾겠다는 생각에 극한의 집중력을 보이고는 있지만 작은 균열만 생겨도 걷잡을 수 없이 무너질지 몰랐다.

"가은아, 지금이라도 그만두는 게 어떻겠니? 아빠가 다른 방법을 찾아볼게."

"아빠, 나 생각 안 바꿔. 지금 나한테는 가만있는 게 가장 힘들다는 거 아빠도 알잖아."

가은의 단호한 태도에 고민이 깊어진 수열은 짧은 한숨을 내뱉었다.

"네 생각이 정 그렇다면 할 수 없지. 대신 만약의 경우에는 무사히 탈출하는 게 최우선이야. 네가 붙잡히기라도 하면 모든 계획이 무산되니까. 내 말 알겠지?"

"아빠야말로 내가 붙잡혀도 도희 구하는 일에만 집중해줘. 약속해."

가은이 새끼손가락을 내밀었다. 수열은 차마 새끼손가락을 걸 수 없었다. 그 대신 가은을 꼭 안아주었다.

두 사람이 탄 세단이 별장의 정문으로 미끄러지듯 들어갔다. 정문에 도착하자 경비원들이 차를 멈춰 세웠다. 경비원 한 명이 운전석 쪽으로 다가왔고 다른 한 명은 차를 빙 둘러보며 차량을 살폈다.

"안녕하십니까. 신원 조회 좀 하겠습니다."

"그러세요."

가은이 사무적으로 대답했다. 그러자 경비원이 열린 창문 틈으로 안구 스캔 장치를 들이밀었다.

"확인됐습니다. 그런데 오늘은 운전을 직접 하시네요?"

"보다시피 새 파트너와 동행이라."

가은의 말에 경비원이 조수석의 수열을 살폈다.

"아이고, 고생이 많습니다."

수열은 껌을 경박스럽게 씹어대며 대수롭지 않게 말했다.

"죄송하지만 남자분 신분증 좀 보여주시죠."

수열이 품에서 신분증 찾는 시늉을 할 때 가은이 입을 열었다.

"까다롭게도 구시네. 신분증은 무슨 신분증이야. 얼굴 보면 몰라요?"

"누구…… 앗! 혹시 UFC?"

"이제 됐죠? 쪽팔리게 파트너 신분까지 묻고 난리야."

"죄송합니다. 들어가시죠."

곧 문이 열렸다. 가은은 참았던 숨을 몰아쉬며 정문을 통과했다. 정문에서 별장까지의 거리만 해도 족히 200미터는 되는 듯했다.

가은은 코너를 돌다 보게 된 하도훈의 옆모습에서 깊은 고뇌를 보았다. 물론 지금 고뇌에 잠긴 사내는 하도훈이 아닌 수열이었다. 그러나 시각이란 감각의 힘은 쉽사리 무시할 수 있는 게 아니었다. 자꾸만 아빠가 전남편으로 느껴졌다.

옥타곤을 벗어난 남편이 얼마나 형편없는 인간인지 깨닫는 데는 그리 긴 시간이 필요하지 않았다. 하도훈은 법정에서 이혼 조정을 받는 순간까지도 진지한 구석이 없었다. 아내와 딸이 그로 인해 고통받는 걸 알면서도 수시로 농을 지껄였다. 매사에 안일한 그의 모습은 못나 보이는 수준을 넘어 순진해 보이기까지 했다.

그런데 왜일까. 수심에 차창 밖을 바라보는 전남편의 옆모습이 안쓰러워 보이는 건. 모래알만큼의 미련도 없다고 생각했는데 이상하게 마음이 쓰였다.

별장 입구에 들어선 두 사람은 또다시 검문 절차를 거치게 됐다. 이번에는 소지품 검사였다. 가은은 언제 마지막으로 입었는지 기억도 나지 않는 세미드레스를 입은 터라 낯선 사내의 시선이 껄끄러웠다.

"핸드폰은 저희가 보관하고 있다가 돌아가실 때 드리겠습니다. 스마트워치도요."

사내가 수열의 손목을 보며 말했다.

수열과 가은은 핸드폰과 스마트워치를 넘겼다.

"이건 뭐죠?"

사내가 가은의 핸드백에서 꺼낸 삐삐를 보고 물었다.

"병원에서 사용하는 긴급호출 기기예요. 보통 여기 올 때는 두고 오지만 오늘은 응급 환자 중에 VIP가 있어서 갖고 있어야 해요."

"파트너분은 의사가 아니신 것 같습니다만."

"저 사람 건 우리 둘이 쓰는 거고. 젊은 사람이라 삐삐가 뭔지 모르나 봐?"

사내가 옆에 있던 다른 경호원에게 도움을 청하는 눈치를 보냈다. 그러자 그가 감식 기기를 삐삐에 가져다 댔다. 그러나 최신 감식 기기에 삐삐는 그저 플라스틱 조각일 뿐이었다.

"상관없어. 입장시켜드려."

삐삐를 돌려받은 가은과 수열은 마침내 현관문 너머로 입장할 수 있었다. 등 뒤로 삐삐가 뭐냐며 잡담을 나누는 목소리가 들려왔다.

홀에는 이미 꽤 많은 사람이 모여 있었다. 대략 스무 명 안팎으로 보이는 남녀였고 공유신체 상태인 터라 연령대는 대체로 젊은 편이었다.

클래식이 흐르는 가운데 사람들은 자유분방하게 술과 음식을 즐겼다. 다들 말끔하게 차려입고 격조 있게 행동하는 터라 국가 중대사를 논의하는 회담 장소처럼 보일 지경이었다.

'헛짚은 걸까…….'

현재 분위기만 봐서는 마약과는 전혀 관련이 없어 보였다. 수열이 혼란을 느끼는 와중 두 사람이 있는 테이블로 이십대 여자의 몸을 한 사람이 다가왔다. 그녀는 상당히 짧은 녹색 치마에 타이트한 블라우스를 입고 있었다.

"소해 원장님 맞으시죠?"

여자가 웃는 낯으로 물었다. 가은은 여자의 정체를 모르기에 선뜻 대답하지 못하고 눈웃음만 지었다.

"저 해윰이에요, 언니. 어때요? 이번에 새로 구한 공유신체인데 괜찮죠?"

"어머나, 누군가 했네. 어디서 이렇게 예쁜 몸을 구했대?"

"아이돌 연습생이라고 하는데 데뷔를 못 하고 시장에 나왔나 봐요. 필요하시면 말씀하세요. 알아봐드릴게."

"아휴, 남들이 흉봐요. 난 이 정도가 딱이야."

가은은 여자의 말투로 미루어 본래 나이가 그리 많지 않을 거라 짐작했다.

"오늘은 시작이 좀 늦네요. 그런데 옆에 배드 가이는 누구? 애인?"

"애인은 무슨. 그냥 그런 사이지."

두 사람의 시선에 수열은 건들거리는 태도로 씨익 웃어 보인 뒤 위스키 잔을 입으로 가져갔다.

"흠……. 낮저밤이 타입? 맞으면 나도 좀 빌려주라."

여자가 대놓고 수열의 허벅지를 쳐다봤다.

"자기도 참. 남의 물건 탐내다간 탈 나."

"농담. 마당쇠는 내 취향 아냐."

가은은 여자와 수다를 떨며 정작 하려던 말을 두고 수없이 망설였다. 자칫 말을 잘못 꺼냈다가는 의심을 살 수 있었다. 그러나 이대로 별 소득 없이 끝날 수도 있다는 조바심에 결국 목울대에 걸려 있던 말을 꺼내고야 말았다.

"저기 잠깐 귀 좀……."

"뭔데, 뭔데?"

여자가 호들갑을 떨며 가은 쪽으로 귀를 돌렸다.

"자기 혹시 미성년자 몸도 구할 수 있어?"

"엥? 언니 그런 취향이었어?"

"아니, 내가 필요한 게 아니고 우리 병원 VIP가 슬쩍 묻더라니까."

그때 누군가 여자를 알아보고 불렀다.

"언니, 나 가봐야겠다. 그 얘긴 담에 둘이 있을 때 하자."

여자는 종종걸음으로 다른 사람들 틈으로 사라졌다.

"뭔가 알긴 아나 보네."

수열이 작은 목소리로 말했다.

"확인해볼게."

가은이 곧장 여자가 사라진 방향으로 쫓아가려 할 때 수열이 가은의 손목을 붙잡았다. 서두르다가는 그르칠 일이었다.

"또 기회가 올 거야."

잠시 뒤 홀에 흐르던 클래식이 멈추었다. 그러자 선글라스를 쓴 사내가 홀 중심으로 등장했다. 민형식이었다. 그는 손짓으로 대동한 부하들을 물린 뒤 마이크를 들었다.

"안녕하십니까, 민형식입니다."

민형식이란 이름이 수열의 뇌리를 찔렀다.

'저자가……'

이것으로 목표물은 파악한 셈이었다. 이제 기회를 살펴 접근하는 일만 남았다.

"여러분을 모시게 되어 영광입니다. 저를 보러 오신 분은 없을 테고 바로 즐기실 수 있도록 준비하겠습니다. 필요한 게 있으시면 언제든지 저희 직원을 호출해주십시오."

민형식은 잠시 숨을 고르더니 소리쳤다.

"자, 벗고 놀자!"

그 말을 끝으로 민형식이 몸을 돌렸다. 동시에 홀의 조명이 어두워졌고 빠른 비트의 팝이 흘러나오기 시작했다. 긴 통로에서는 보이지 않던 젊은 남녀가 속속 등장하기 시작했다. 각종 유니폼 종류에서 비키니까지 선정적인 옷차림의 남녀는 하나같이 외모가 출중했다. 홀 오른편에 마련된 무대에 오른 그들은 음악에 맞춰 끈적한 춤사위를 선보이기 시작했다.

부녀 관계인 수열과 가은으로서는 상당히 민망할 수밖에 없는 상황이었다. 가은은 무대에서 시선을 거뒀고 수열의 눈은 민형식을 좇고 있었다.

'이게 다가 아닐 텐데.'

여전히 수열이 예상한 일은 벌어지고 있지 않았다. 지금까지는 여느 유흥 클럽과 별반 다를 게 없었다. 그사이 민형식은 엘리베이터를 타고 사라졌다.

민형식이 떠나고 다시 열린 엘리베이터에서 아이스 버킷을 든 직원들이 나타났다. 직원들이 지날 때마다 사람들은 통 안에 손을 넣어 뭔가를 집어 들었다.

'저건!'

달고나였다. 달고나를 집어 든 사람들은 게걸스럽게 핥기 시작했다. 테이블마다 최고급 와인과 캐비어가 깔린 디너와는 어울리지 않는 불량식품을 사람들은 이 세상에 없는 진귀한 음식처럼 핥아댔다.

'설마!'

마침내 수열은 달고나의 정체를 알 것 같았다. 예상대로 시간이 흐르자 달고나를 핥던 사람들은 하나둘 이상행동을 보이기 시작했다. 옷을 벗어 던지기도 했고 대리석 바닥을 기어 다니기도 했다.

시간이 흐르자 알몸인 사람이 옷을 걸친 사람보다 많아졌다. 그들은 무대에 있던 이성을 데리고 와 함께 뒤엉키기 시작했다.

가은은 주지육림의 재림을 목격하며 몸서리쳤다. 그녀 역시 비록 공유신체인 상태였지만 이 광란의 파티를 즐겨왔다는 것 아닌가. 그간 게스트들이 그녀의 몸을 가지고 한 짓을 두 눈으로 보고 있자니 역겨워 참을 수 없을 지경이었다.

"자리를 옮겨야겠다."

가은이 충격에서 헤어 나오지 못하는 사이 수열은 수열대로 초조한 상태였다. 그는 직원 중 한 명이 그를 주시하는 걸 뒤늦게 알아차렸다.

그도 그럴 게 다들 환각 상태에 빠져드는 상황에서 상대적으로 멀쩡한 수열과 가은은 눈에 띌 수밖에 없었다. 인간성을 잃고 충동만 남은 사람들과 섞이려면 그와 가은도 벌거벗거나 그게 아니라면 바닥이라도 기어야 했다.

"분명 시크릿 룸이 따로 있을 거야."

수열은 일단 자리를 피하기로 했다. 마침 사내 한 명이 두 명의 여자를 데리고 홀을 가로질러 어딘가로 향하는 게 보였다. 수열은 가은의 허리춤에 팔을 두르고 그들을 따라갔다.

계단을 오르자 여러 개의 문이 줄지어 보였다. 앞서가던 사내는 여자 둘을 데리고 문 중 하나를 열고 들어갔다. 수열은 2층 룸에 몸을 숨기기로 했다.

첫 번째 룸은 이미 임자가 있는지 문이 잠겨 있었다. 두 번째 룸은 문이 열려 있었지만, 이미 침대 위에서 두 쌍의 남녀가 뒤엉켜 있었다. 세 번째 문을 열었을 때에야 안이 비어 있었다.

"문 잠그고 여기서 기다려."

"아빠는?"

"민형식을 만나봐야지."

"아냐, 나도 같이 가."

"여기 입장하게 해준 걸로 네 역할은 끝났어. 지금부터는 기다리는 게 네 역할이야. 무슨 일 생기면 알지? 30분 뒤에도 내가 오지 않으면 먼저 가."

수열이 재킷을 벌려 허리춤에 찬 삐삐를 보여주며 말했다. 가은이 마지못해 고개를 끄덕였다.

룸을 나선 수열은 복도의 난간에서 아래층을 살폈다. 건물 중

앙이 2층부터 3층까지 뚫려 있어 상층부에서 아래층을 내려다볼 수 있는 구조였다. 2층까지는 휘청거리는 사람들이 돌아다녔지만 3층은 직원만 출입할 수 있는 듯 보였다. 민형식이 엘리베이터에 타고 이동했던 층도 3층이었다.

수열은 눈에 띄는 엘리베이터 대신 계단을 찾아 이동했다. 3층에 도착한 수열은 벽 모퉁이에 몸을 숨기고 상황을 살폈다. 직원두어 명이 복도를 오갔고 경호원 한 명이 배치된 문이 보였다. 그문 너머에 민형식이 있을 공산이 컸다.

어차피 경호원 한 명과의 충돌은 피할 수 없을 것처럼 보였다. 물론 그 안에는 몇 명이 더 있을지 알 수 없지만.

수열은 복도를 오가는 직원들이 사라질 때까지 기다렸다가 몸을 움직였다. 그를 발견한 문지기가 곧바로 반응했다.

"여긴 올라오시면 안 됩니다. 아래층으로 돌아가시죠."

"난 3층이 좋은데……."

수열은 자연스럽게 경호원에게 다가가며 말했다.

"죄송합니다만 3층은 출입 통제……."

수열은 경호원이 말을 마치기도 전에 턱을 향해 훅을 꽂았다.

"큭, 이 새끼가!"

살짝 빗맞는 바람에 기절시키는 데 실패했다. 수열은 틈을 주지 않고 경호원의 뒤로 돌아 초크를 걸었다. 상당한 체구의 경호원이 초크를 풀기 위해 사력을 다했지만 역부족이었다. 수열은 새삼 한때 그의 사위였던 사내가 어떤 사람이었는지 실감 났다.

비록 현역에서 은퇴한 지 꽤 시간이 지났다지만 힘이 넘쳤다. 경호원은 십여 초도 되지 않아 축 늘어졌다.

어차피 곧 들키게 될 것이다. 수열은 기절한 경호원을 숨겨두기보다는 속전속결을 택했다. 지금의 몸이라면 불가능한 일만은 아닐 것 같았다.

곧장 문을 열고 들어갔다. 넓은 방에는 예상보다 많은 인원이 배치되어 있었다. 얼른 보아도 십여 명은 되는 인원이었다. 모두 하나같이 다부져 보였다. 하도훈의 본체라면 모를까 수열의 전직은 형사지 파이터가 아니었다. 아마추어 수준의 복싱을 배운 정도로 다수의 떡대를 상대하기는 무리였다.

"뭡니까? 돌아가십시오."

사내 중 한 명이 수열을 보며 물었다. 아직까진 지금의 상황을 인지하지 못한 듯 태연했다. 그때 창밖을 보고 있던 민형식이 수열을 돌아보았다.

"아냐. 들어오라고 해."

수열은 침착한 민형식의 태도가 불길했다. 단순히 위협이 되지 않는다고 여겨서라면 다행이지만 그런 느낌이 아니었다.

"이거 의사 선생 말이 지어낸 게 아니었나 본데?"

"이미 다 아는 눈치군."

"그렇긴 한데 진짜 올 줄은 몰랐어. 그것도 이렇게나 빨리."

민형식이 담배에 불을 붙이더니 소파로 이동했다.

"당신 정체가 뭐야?"

"아이들을 유괴한 게 너냐?"

"아이들? 혹시 그 아이들에 당신 자식도 있나? 아니면 608호를 찾는 거야?"

"그렇다고 한다면."

"이미 늦었어. 내 손을 떠난 지 한참이야."

"어디로 보냈나?"

민형식이 소파에 앉으며 선글라스를 벗어 테이블 위에 내려놓았다.

"오라, 어디서 봤나 했더니만. 당신 왕년에 주먹깨나 썼던 사람이지?"

민형식 말에 부하들도 하도훈을 더 자세히 뜯어보기 시작했다.

"주먹만 쓰는 줄 알았더니 머리도 제법 굴렸어. 그런데 이상하네. 608호라면 약쟁이 엄마만 있다고 하지 않았던가?"

민형식이 옆에 있던 부하를 돌아보며 물었다.

"맞습니다."

"그럼 저 사람은 뭐야?"

"그건 저도 잘……."

"그거야 뭐, 지금부터 알아보면 되지."

민형식의 시선이 수열에게로 돌아왔다.

"당신, 불명예 은퇴한 걸로 아는데, 아니 방출이라고 해야 하나. 아무튼 그래서 이런 일 용역도 뛰는 건가?"

"설명할 필요를 못 느끼겠군."

180

"당신이 아무리 격투기 선출이라고 해도 여긴 무대가 달라. 이 바닥은 룰이 없거든. 게임을 중단시킬 심판이 없단 말이야."

수열도 알고 있었다. 사내들의 양복 속에 날카로운 칼이 감춰져 있다는 것쯤은. 하지만 상관없었다. 애초에 그 정도 각오도 없이 온 건 아니었다.

"허세 떨지 말고 애들 어디로 넘겼는지나 말해."

지금의 몸은 수열의 것이 아니었다. 그러나 그래서 더 부담스럽기도 했다. 비록 은퇴했어도 몸으로 근근이 살아가는 사내의 몸을 다치게 하고 싶지 않았다. 될 수 있으면 무력 충돌 없이 해결하고 싶었다.

"내가 여기 온 걸 아는 사람이 더 있다. 나에게 문제가 생기면 너도 난처해질 수 있어."

"빌어먹을. 너도 혜라 그년 타령이야?"

'혜라?'

순간 수열의 머릿속에 떠오르는 게 있었다. 걸리버의 문서고에서 보았던 이니셜 HR. 본명은 아니겠지만 어쨌든 혜라라는 인물이 그 이니셜의 주인일 수 있었다.

"혜라가 아니라 대통령이 네 뒷배라고 해도 상관없어. 지금 여기서 뒹굴고 있는 인간들이 어떤 인간들인데. 넌 여기 오면 안 됐어."

민형식의 부하들이 하나둘 수열에게 접근하기 시작했다.

"처음부터 말로 통할 거란 기대는 안 했다."

수열도 곧장 가드를 올리고 싸울 태세를 갖췄다. 민형식이 귀찮다는 듯 손사래를 치자 부하들이 수열에게 달려들기 시작했다.

수열은 가장 먼저 달려드는 놈에게 레프트와 훅을 연속 날려 쓰러뜨렸다. 그러자 부하들이 본격적으로 달려들기 시작했다. 복부에 꽂은 훅으로 한 놈을 더 쓰러뜨리고 세 번째 사내에게 잽을 뻗는 순간 수열의 옆구리로도 묵직한 주먹이 꽂혔다.

"욱!"

수열은 힘겹게 버티며 재차 주먹을 내지르는 사내의 허리를 안아 넘어뜨렸다. 그러면서 수열도 같이 쓰러졌다. 곧바로 몸을 일으켰으나 이미 포위된 상태였다. 놈들은 하나둘 칼과 야구방망이로 무장을 하기 시작했다.

'이걸로 끝인가.'

여느 때 같으면 곧 동료 형사들이 지원 올 거란 기대라도 할 수 있었다. 그러나 지금 이 시점에서 그를 도와줄 사람은 없었다. 죽으나 사나 혼자서 해결해야 했다.

마음을 다잡은 수열은 다시금 가드를 올리고 싸울 태세를 갖췄다. 그러나 사방에서 동시다발로 날아드는 야구방망이 앞에서 가드는 무용지물이었다. 목덜미를 내려친 방망이가 결정타였다. 수열은 목덜미를 움켜쥔 채 무너졌다.

흐려지는 의식 속으로 가은과 도희가 어른거렸다. 애써 정신을 붙들어보고자 했으나 무리였다.

"어떡할까요?"

민형식 옆에 있던 부하가 물었다.

"일단 둬봐. 대질 심문 해야 할지도 모르니까. 혼자 들어오지는 못했을 거야."

그러자 부하 중 하나가 민형식에게 다가왔다.

"여자랑 같이 있었습니다."

"여자?"

"한국대병원 원장이었습니다."

"한국대병원 원장이라······."

잠시 생각에 잠긴 민형식이 제 허벅지를 내려치며 껄껄 웃었다.

"이제야 이해가 되네. 그 여자 공유신체가 아니었던 거야.

"그 말씀은?"

"이소해 원장이 아니란 말이야."

민형식은 언제 그랬냐는 듯 웃음을 뚝 멈췄다. 그가 들고 있던 담뱃갑을 손아귀에서 우그러뜨렸다.

"빌어먹을. 엄마의 마음은 엄마가 잘 안다는 건가. 이래선 헤라 년 말이 맞는 게 되잖아. 당장 잡아 와."

민형식의 명령에 절반 가까운 부하가 앞다퉈 룸을 빠져나갔다.

얼마나 시간이 흘렀을까. 수열의 의식이 회복되기 시작했다. 그러나 수열의 눈에 들어온 풍경은 희미한 푸른빛이 감도는 좁은 공간이었다.

'여긴 캡슐? 그렇다는 건…….'

수열은 의식을 잃기 직전 목덜미를 가격당한 기억을 떠올렸다. 아마도 그 과정에서 로그아웃된 듯했다. 그렇다면 지금 별장에 있는 건 하도훈 그 자체란 의미였다. 수열은 서둘러 최상만에게 연락했다.

"왜 자네가…… 혹시 로그아웃된 거야?"

"위기야. 당장 애들한테 삐삐 쳐."

하도훈으로서는 현재 그가 처한 상황을 이해하기 어려울 것이다. 대강의 상황을 짐작할 순 있겠지만 무턱대고 나섰다가는 목숨이 위험했다.

　민형식의 부하들은 오래 걸리지 않아 가은을 찾아냈다. 가은
은 수열의 당부에도 불구하고 도저히 가만히 앉아 기다릴 수 없
었다. 별장 어딘가에 도희가 있을지도 모른다고 생각하자 1분이
1년 같았다. 결국 룸을 벗어나 앞서 말을 걸어왔던 해윰이란 여
자를 찾던 중에 민형식 부하들에게 붙잡히고 말았다.
　"아빠!"
　민형식 앞에 끌려온 가은은 망신창이가 된 수열을 보며 반사
적으로 외쳤다. 그러자 민형식이 쓰러진 수열 앞으로 다가왔다.
그는 구두로 수열의 머리를 지그시 짓누르며 말했다.
　"이 사람이 아빠라고?"
　"이 개자식아, 내 딸 돌려줘!"
　"허허, 그러니까 딸은 본체고 아빠는 공유신체를 해서 애인 사
이로 위장한 거야? 재밌네."
　민형식이 이번에는 가은에게로 다가갔다.
　"다른 가족은 더 없지? 난 또 건드리면 안 될 사람을 건드린 게
아닌가 하고 내심 긴장했지 뭐야. 그런데 그냥 가족이 벌인 판이
었다니 이걸로 안심이야."
　"내 딸 어딨어? 그렇게 아픈 애를 유괴하다니 넌 사람도 아니
야."
　"너무 원망 마. 나도 썩 내켜서 한 건 아니니까. 문제는 세상에

아픈 사람들이 당신 딸 말고도 많다는 거야. 솔직히 말해서 당신 딸은 의식도 없잖아. 그걸 살아 있다고 말할 수 있을까?"

"의식이 없어도 살아 있다는 사실은 변함없어."

"그래, 어쨌든 딸인데 힘들 테지. 솔직히 나도 미안하긴 해. 대신 사죄의 의미로 편안하게 해줄게. 그것 좀 가져와."

민형식의 말에 부하가 금고에서 손바닥만 한 나무 상자를 들고 왔다. 민형식이 나무 상자에서 꺼낸 건 액상 약물이 들어 있는 약병과 주사기였다.

주사기를 본 가은이 다급히 말했다.

"돈 때문에 그런 거라면 그게 얼마든지 내가 무슨 수를 써서라도 줄게. 죽을 때까지 로열 등급으로 일할 수 있어. 뭐든 다할 테니 내 딸 돌려줘, 제발!"

"내가 보기에 당신에게 필요한 건 이 액상 달고나야. 이건 고체일 때보다 훨씬 고함량이야. 여길 왔으면 이걸 맛봐야지 왜 쓸데없이 고통의 근원을 찾고 다녀."

민형식이 가은에게 집중하는 사이 하도훈의 의식이 돌아오고 있었다. 하도훈은 윙윙거리는 듯한 말소리를 들으며 잘은 몰라도 심각한 상황임을 간파했다. 들려오는 목소리가 조금씩 선명해지더니 그중 가은의 울음 섞인 절규가 섞여서 들렸다.

감각이 회복되면서 전신에서 통증이 밀려들었다. 누군가에게는 두 번 겪고 싶지 않을 끔찍한 통증이겠지만 하도훈에게는 조금 달랐다. 그의 식어버린 가슴 한구석에는 육체가 느끼는 극한의 고통, 그 고통에 대한 갈증이 늘 잠들어 있었다. 얼마 만에 느껴보는 통증인가. 간만에 온몸의 세포가 깨어나는 기분이었다.

그때 허리춤에서 진동이 느껴졌다. 삐삐가 울리고 있었다. 하도훈은 눈에 띄지 않게 슬쩍 삐삐의 숫자를 확인했다.

─820

수열은 만일에 대비해 하도훈에게 삐삐의 숫자 메시지를 익히게 했었다. 820은 직역하면 '빨리 오라'는 의미였으나 수열이 부여한 의미는 '즉시 탈출'이었다. 그만큼 위급한 상황이라는 의미였다. 그리고 그의 눈에 들어오는 풍경은 단번에 820이 의미하는 바를 알아차리게 했다.

하도훈이 느릿하게 몸을 일으켰다.

"사장님, 저놈 깼는데요?"

하도훈을 본 부하가 느긋하게 말했다.

"벌써? 운동을 해서 그런가. 회복이 빠르네."

"내 여자한테서 떨어져."

"내 여자?"

말로 해결될 상황이 아니라 판단한 하도훈은 숨 쉴 틈도 주지 않고 민형식을 향해 달려들었다. 부하 한 명이 민첩하게 그의 앞을 가로막았다. 하도훈은 속도를 죽이지 않고 탄력을 살려 놈의 명치에 니킥을 꽂았다. 일격에 나가떨어진 동료를 보고 다른 사내들이 달려들기 시작했다.

하도훈은 아랑곳하지 않고 민형식에게 달려들었다. 정확히는 가은에게.

주사기를 가은의 목으로 막 가져가던 민형식이 하도훈의 서슬에 놀라 황급히 물러났다.

"내 등 뒤에 있어."

하도훈이 가은의 앞을 막아서며 말했다. 이미 하도훈은 네 명의 사내에게 둘러싸여 있었다. 앞서 명치를 맞고 쓰러졌던 사내도 신음하며 몸을 일으키는 중이었다.

가은은 아빠의 분위기가 이전과 달라진 것 같다고 느꼈다. 조금 전 그는 가은을 두고 '내 여자'라고 했다.

"혹시 당신이야?"

하도훈이 가은을 돌아보고 고개를 가볍게 끄덕였다.

"메시지 받았지?"

하도훈이 가은에게 물었다.

"어. 팔이공."

"어떡할까?"

"무시해."

"같은 생각이야."

하도훈과 가은의 표정이 한층 더 비장해졌다. 하도훈은 옥타곤의 펜스를 등지고 선 기분을 느꼈다. 뒤는 막혔고 물러날 곳은 없는 상황. 그가 피한다면 가은이 노려질 수밖에 없었다.

"뭔가 아까와는 느낌이 다른데?"

민형식이 슈트에 묻은 먼지를 털어내며 부하들을 돌아봤다.

"죽여도 상관없다."

민형식의 말에 부하들이 들고 있던 야구방망이를 던지고 칼을 꺼내 들었다. 가은은 숨 막히는 사내들의 대치 상황에 질식할 것만 같았다.

"어쩌려고 그래."

가은이 하도훈의 등 뒤에서 떨리는 목소리로 물었다.

"총이라면 모를까, 칼 따위."

사실 하도훈이라고 두렵지 않은 건 아니었다. 그 역시 칼을 든 사람들과 맞서는 건 처음이었다. 그러나 그저 상대의 리치가 길어진 거라 생각하면 되었다. 흥분하지 말고 침착해야 했다.

그때 두 놈이 동시에 칼을 찌르고 들어왔다. 하도훈은 목을 노리고 들어오는 자의 팔을 잡아채 복부를 찌르고 들어오는 칼의 칼받이로 썼다. 그런 뒤 곧장 전진 스텝을 밟으며 로킥으로 한 명을 쓰러뜨린 뒤 뒤로 빠졌다. 무작정 돌진했다가는 가은이 노려질 상황이었다.

하도훈은 남은 상대가 주춤하는 사이 재빨리 사이드스텝을 밟고 측면을 파고들었다. 라이트훅이 놈의 우측 옆구리에 적중했다. 무방비로 간을 맞은 사내는 숨을 훅 내쉬고는 쓰러졌다.

이제 민형식을 빼고 남은 건 한 명뿐이었다. 놈은 하도훈의 상대가 될 수 없음을 눈치채고 가은을 노렸다. 놈이 가은을 인질로 삼고자 달려들 때 하도훈이 뒤에서 그의 목덜미를 잡아챘다. 뒤쪽으로 무게중심을 흔들리게 하면서 순식간에 발을 걸었다. 놈은 대리석 바닥에 뒤로 나자빠지더니 일어서지 못했다.

너무나 일방적인 싸움이었다. 남은 건 민형식뿐이었다.

"저놈이야? 도희를 유괴한 놈이?"

하도훈이 가은을 보며 나직이 물었다.

"아마도……."

하도훈과 가은이 뒷걸음치는 민형식에게 다가갔다.

"너, 너 뭐야? 아까 그놈 맞아?"

"처음으로 은퇴하길 잘했다는 생각이 들어. 현역이었다면 양
아치 따위와는 싸울 생각조차 못 했을 테니까."

하도훈에게서 전혀 물러날 기미가 없자 민형식은 벽에 걸린
일본도를 집어 들었다.

"사장님!"

때마침 순찰을 나갔던 부하들이 돌아와 출입문을 막아섰다.
민형식의 얼굴에 차츰 여유가 회복됐다.

"그러게, 달아날 수 있을 때 달아났어야지."

"그럴 생각 없는데."

대여섯 명의 부하가 쓰러진 자들을 넘어 하도훈에게 접근해왔
다. 하도훈 혼자라면 어떻게든 해볼 수 있을지 몰랐다. 그러나 지
금은 가은과 함께인 데다 포지션이 좋지 않았다. 민형식에게 접
근하느라 사방이 뚫린 방 중심부에 있는 탓에 가은을 지키기가
어려웠다. 방법은 하나뿐이었다.

"여보, 나한테서 떨어지지 마."

190

상황이 급박해서인지 무심결에 부부 사이의 호칭이 튀어나왔다. 하도훈은 곧장 민형식에게 달려갔다. 달려가며 테이블 위에 있던 재떨이를 집었다. 재떨이를 있는 힘껏 민형식에게 던졌다. 민형식이 일본도로 재떨이를 쳐내는 순간, 하도훈은 그 순간을 놓치지 않고 민형식의 하체를 향해 몸을 날렸다. 테이크다운이었다.

하도훈은 쓰러뜨린 민형식의 턱을 향해 마운트를 내리꽂은 뒤 일으켜서 뒤에서 초크를 걸었다. 정신을 잃지 않는 수준으로 조인 뒤 부하들을 향해 외쳤다.

"물러나. 너희 사장 목 부러지는 거 보고 싶지 않으면."

"드, 들지 마!"

민형식이 호흡이 어려운 상황에서도 객기를 부렸다. 그때 차가운 금속이 그의 목에 닿았다. 가은이 일본도의 칼날을 민형식 목에 댄 것이다. 일본도의 무게에 팔이 떨렸지만 가은은 그럴수록 칼자루를 쥔 손에 힘을 주었다.

"내 딸 어딨어?"

"모, 몰라!"

일본도의 날이 민형식의 목에서 미끄러졌고 피가 배어나기 시작했다.

"나는 몰라도 내 아내는 널 죽이고도 남을 것 같은데."

하도훈은 또다시 가은을 부부 사이의 호칭으로 불렀다. 한 번이 어렵지 두 번은 쉬웠다.

"젠장…… 당신 딸은 내 손을 떠났다고 말했잖아."

"어디로 보냈는지 말해."

"헤라. 다 헤라가 시킨 거야."

"헤라? 그게 누군데?"

"걸리버의 진짜 주인. 나도 거기까지밖에 몰라."

민형식의 자백에도 하도훈을 초크를 풀지 않았다. 가은 역시 칼을 거두지 않았다. 가은은 오히려 칼날을 더 깊이 들이밀며 물었다.

"왜, 왜 내 딸을 유괴했어? 왜!"

"나도 잘 몰라. 영구 공유신체로 쓴다는 것밖에."

"영구 공유신체? 그게 뭔데?"

"말 그대로야. 공유신체를 단기 임대 방식이 아니라 영구적으로 사용하는 거지."

"어, 어떻게 그런 짓을…… 이 악마 같은 새끼들."

가은은 당장이라도 민형식의 숨통을 끊어버릴 것 같았다. 하도훈이 그런 가은을 보며 고개를 저었다.

"일단 여기서 벗어나자."

하도훈과 가은은 민형식을 인질 삼아 이동하기 시작했다.

＊

최상만은 가은과 하도훈의 몰골을 보고는 혀를 찼다.

"자넨 치료 좀 받아야겠는데…….''

"괜찮습니다."

"소득은 좀 있었나?"

"생각보다 많이 건지진 못했습니다. 헤라라는 인물이 이 사건
의 배후라는 것과 혼수상태인 사람들을 유괴해 영구 공유신체로
사용한다는 정도밖에요."

"영구 공유신체? 대충 알 것 같군. 육시랄 놈들. 아무튼 무사해
서 다행이야."

"그럼 전 이만 장인어른과 동기화하도록 하겠습니다."

하도훈은 곧장 소파로 가서 누웠다. 그가 목덜미의 동기화 버
튼을 누르려는 순간 가은이 그의 손을 붙잡았다.

"잠깐만."

하도훈이 영문을 모르겠단 얼굴로 가은을 바라봤다. 가은은
막상 입술이 떨어지지 않는 듯 머뭇거렸다. 그러자 하도훈이 먼
저 입을 열었다.

"걱정하지 마. 다 괜찮을 거야."

"그런 게 아니라…….''

가은은 다시금 말을 멈췄다가 결심했다는 듯 말했다.

"미안해, 도희 지키지 못해서."

"당신 잘못 아냐. 무책임 한 건 나지 당신이 아냐."

"우리 도희 괜찮겠지? 그렇겠지?"

하도훈이 망설이다 가은을 안아주었다.

"당신도 들었잖아. 영구 공유신체로 쓰려고 한다는 말. 그 말이 무슨 뜻이겠어? 도희는 무사해. 장인어른이라면 반드시 찾아낼 거야."

하도훈의 눈시울이 붉어졌다. 이런 상황에서 자신이 할 수 있는 게 몸을 장인어른에게 맡기고 기다리는 것뿐이라니. 한심했다. 그러나 지금으로서는 그가 나서야 할 순간이 올 거라는 장인어른의 말을 믿고 기다릴 수밖에 없었다. 하도훈은 가은에게 약한 모습을 보이기 전에 목뒤의 동기화 버튼을 꾹 눌렀다.

하도훈의 몸으로 돌아온 수열은 가은에게 그간의 자초지종을 들었다. 긴박한 상황에서 로그아웃이 된 터라 가슴이 타들어가는 심정으로 소식을 기다리고 있던 그는 비로소 안도의 한숨을 내쉬었다.

"다행이다, 다행이야."

몸이 천근만근인 건 기본이고 움직이기 힘들 정도로 고통스러웠다. 하도훈이 이런 몸으로 그 많은 적을 뚫고 탈출했다는 사실이 듣고도 믿기지 않았다.

"이제야 우리가 상대할 진짜 적에 대해 알게 된 셈인가."

수열도 로그아웃당하기 직전 민형식의 입에서 헤라라는 이름을 듣긴 했다. 그러나 그것만으로는 부족했다. 그 부족한 정보를 가은과 하도훈이 목숨을 걸고 알아낸 셈이다.

헤라라는 인물이 공유신체 여행사인 걸리버의 주인이라는 말은 현재의 걸리버 회장이 단순히 바지 회장일 공산이 크다는 의미였다. 헤라가 바지 회장을 앉힌 건 아무래도 영구 공유신체와 관련 있기 때문일 것이다. 영구 공유신체는 엄연히 불법이니 말이다.

"그런데 민형식과 헤라는 어떤 관계일까?"

최상만이 고개를 갸웃거렸다. 그러자 가은이 세미드레스의 가슴골에 손을 넣더니 뭔가를 꺼내 들었다.

"달고나가 왜 거기서 나와?"

최상만이 다시 한번 고개를 갸웃거렸다.

"별장에 모인 사람들이 먹던 거예요."

"아니, 거기까지 가서 하는 짓이 겨우 달고나나 빼는 거라고?"

"저건 달고나가 아냐."

수열이 두 사람의 대화에 끼어들었다.

"마약이지. 투약 방식으로 봤을 때 새로 만든 합성 마약일 거야. 민형식과 헤라는 공모자인 동시에 사업 파트너일 테지. 민형식이 헤라에게 영구 공유신체로 사용할 사람들을 제공하고 그 대가로 마약을 제공받았을 수도 있어. 달고나 마약 그리고 이게 그 단서일지도 몰라."

수열이 캐비닛으로 가 알약 하나를 꺼내 왔다.

"그게 뭔데?"

최상만이 물었다.

"내가 걸리버에서 공유신체 동기화를 하기 전에 받은 거야. 이게 공유신체 과정에서의 통증을 완화하고 동기화를 수월하게 해준다는데 내 추측이 맞는다면 달고나와 비슷한 성분이 포함돼 있을지도 몰라. 중추신경계를 자극하는 물질일 거야. 어쩌면 이 알약을 개발하는 과정에서 신종 마약을 개발하게 된 걸지도 모르지."

"잠깐, 그럼 설마 자네가 이 가게 이름을 달고나 여행사로 한 게 이것과 관련이 있는 거야?"

"맞아. 6년 전 내가 수사하던 사건, 당시 난 기억을 잃은 상태였고 그런 와중에 이 달고나가 손바닥에 그려진 걸 봤어. 중요한 단서를 손에 적어두는 건 내 오래된 습관이었고. 말하자면 나는 그때도 지금 우리가 추적하는 놈들을 쫓고 있었던 거야. 기억을 잃은 상태에서 그걸 잊지 않으려고 달고나 여행사를 차린 거고."

최상만이 놀랍다는 얼굴로 수열을 바라봤다.

"남은 문제는 우리가 혜라라는 인물을 찾아낼 수 있느냐 하는 거야."

"아무래도 가명을 사용하고 있을 거야. 그래도 여기저기 쑤시다 보면 뭐든 하나는 걸리겠지. 그러려면 난 일단 내 사무실로 돌아가야겠네. 노트북만으로는 부족하겠어. 뭐라도 알아내면 바로 연락하지."

"부탁하네."

최상만이 떠나고 수열과 가은 둘만 남게 됐다. 어떤 의미에서는 비교적 일이 잘 풀리고 있었다. 그러나 수열은 현 상황이 태풍의 눈에 들어온 것처럼 불길했다. 오히려 생각보다 일이 잘 풀리는 게 마음에 걸렸다.

나이를 먹으며 깨달은 인생의 중요한 법칙 중 하나는 좋은 일도 나쁜 일도 계속되진 않는다는 사실이었다. 물론 지금의 상황을 좋다고 할 수는 없겠지만 뭔가 일이 너무 잘 풀린다는 느낌이 불편했다.

"잠시 나갔다 오마."

수열은 박후동을 만나 알약과 달고나의 성분 분석을 부탁하기로 했다. 그러자면 자신이 공유신체 상태인 이유에 대해 얼버무려야 했다. 어차피 후동에게는 모든 사실을 알려야 하는 때가 오겠지만 아직은 아니었다. 지금으로서는 그저 후동이 믿고 기다려주길 바라는 수밖에 없었다.

다행히 박후동이라면 믿을 만했다. 다이어리에서 본 박후동은 수열을 은인으로 생각하고 있었다. 박후동이 모친의 병환으로 힘든 시기를 보낼 때 제법 큰 도움을 준 덕분이었다. 게다가 박후동은 경찰로서의 사명감이 투철한 진짜 경찰이었다.

소녀는 기대에 부풀었다. 루게릭병을 앓고 있는 소녀는 이제 곧 건강한 몸으로 프랑스 유학 생활을 하게 될 예정이었다.

소녀의 엄마가 예쁘장하게 생긴 소녀 또래 아이의 몸을 구해 온 건 불과 며칠 전이었다. 하지만 소녀는 다른 아이의 몸에 들어가 산다는 게 영 내키지 않았다.

"그럼 이 애는 어떡하라고……."

"우리 착한 채림이, 그건 걱정 안 해도 돼요. 이 아인 죽어 있는 거나 마찬가지야. 장기 기증이라고 들어봤지? 그게 뇌사 상태인 사람들의 장기를 기증받는 건데 뇌사란 말은 뇌가 죽은 상태란 의미야. 몸만 멀쩡해 보이지 죽은 거나 마찬가지란 거지. 이 애도 그런 거야. 오히려 채림이가 잘 사용해주면 이 애도 기뻐하지 않을까?"

소녀의 엄마는 혼수상태인 아이를 뇌사로 둔갑시켰다. 그렇게 거짓말하지 않으면 딸이 공유신체를 거부할 것 같았다.

"응……. 근데 이 아이 이름은 뭐야?"

"이름은 무슨, 그냥 인형이라고 생각하렴."

소녀는 엄마의 말을 듣고 비로소 마음이 놓였다. 이후 잠깐씩 인형의 몸에 들어갔다 나오길 반복했다.

'이게 정말 죽은 거라고?'

죽은 아이의 몸이라고는 믿을 수 없을 만큼 모든 감각이 생생했다. 당장 수영도 할 수 있을 만큼 건강 상태도 좋아 보였다. 심지어 얼굴도 예뻤다.

소녀는 매일 공유신체로 머무는 시간을 늘려갔다. 처음에는 거울에 비친 모습이 낯설게 느껴져 소름 돋기도 했지만, 시간이 흐르면서 인형이 자신처럼 여겨졌다. 언제부터인가는 관절이 뒤틀린 채 누워 있는 자신을 보는 게 오히려 낯설었다.

엄마는 소녀가 원한다면 인형을 평생 사용할 수 있다고 했다. 갑자기 달라진 모습으로 나타나면 친구들이 비웃을 거라 말하자 엄마는 프랑스로 유학을 떠나자고 했다. 소녀만 결심하면 언제든 유학길에 오를 수 있게 준비된 상태라고 했다.

고민하던 소녀는 마침내 결심했다. 엄마가 한 제안을 받아들이기로. 그러니까 한 시간 전까지만 해도 소녀는 베르사유 궁전의 정원을 뛰어다니는 모습을 상상하고 있었다. 한 시간 전까지만 해도……

소녀는 엄마가 집에 돌아오면 결심한 것을 말하기로 했다. 저 건강하고 예쁜 몸으로 프랑스에서 지낼 생각을 하면 가슴이 터질 것 같았다.

인터넷으로 프랑스에 가면 가보고 싶은 곳, 먹고 싶은 것을 살펴보던 소녀는 어떤 옷을 입으면 예쁠까를 생각했다. 지금의 몸에 맞는 옷이 아니라 인형의 몸을 기준으로 상상의 나래를 펼치던 소녀는 도저히 참지 못하고 인형의 방으로 향했다. 공유신체로 옷을 입어볼 생각이었다.

목뒤에 삽입된 동기화 버튼만 누르면 되지만 그 전에 인형이 있는 방의 잠금장치를 해제해야 했다. 안에서는 열 수 없게 돼 있으니까.

엄마의 허락 없이는 절대 인형이 있는 방에 들어갈 수 없었다. 엄마는 늘 문을 잠가두었다. 그러나 소녀는 어젯밤 엄마가 인형의 방에 들어갈 때 어깨너머로 본 비밀번호를 외워두었다. 미리 골라둔 원피스를 인형의 몸으로 입고 있다가 귀가하는 엄마를 기쁘게 해줄 생각이었다.

소녀는 들뜬 마음으로 인형의 방에 들어섰다. 방 안에는 푸르스름한 불빛이 감돌았고 침대에 가지런히 누워 있는 인형이 보였다. 그런데 뭔가 이상했다.

'왜 저런 이상한 걸 입혀둔 거지?'

소녀가 이상하게 여긴 옷은 구속복이었다. 소녀의 몸에는 몇 개의 호스도 연결되어 있었다.

소녀는 그 기괴한 모습에 침을 꼴깍 삼켰다. 조금 무서웠지만 용기를 내 다가갔다. 가까이에서 인형의 얼굴을 들여다보던 소녀는 그대로 얼어붙고 말았다. 어찌나 놀랐는지 가랑이를 타고 소변이 흘러내리는 사실도 잊고 벌벌 떨었다.

＊

이번만은 최상만도 난관에 봉착한 듯했다. 이틀이 지나도록 감감무소식이었다. 수열이 상황을 물어도 아직이라는 대답만 돌아왔다.

답답한 마음에 길을 나선 수열이 멈춘 곳은 걸리버 앞이었다. 어쩌면 이 거대한 건물 어딘가에서 헤라가 그를 보고 있을지도 몰랐다. 헤라는 수열을 알지만, 수열은 헤라를 몰랐다.

수열이 담배 한 대를 꺼내 물 때 박후동에게서 연락이 왔다.

"감식 결과가 나왔나?"

"네. 근데 선배님, 아직도 공유신체 상태인가 보네요? 수상한 냄새가 납니다."

"그냥 두 다리로 걷는 기분 좀 추억하는 차원이야."

"뭐, 속아드리죠. 근데 이거 어디서 구한 건지 진짜 안 알려주실 거예요?"

물론 수열도 알려주고 싶었다. 본격적으로 경찰 신분인 후동의 도움을 받는다면 한결 나을 테니까. 그러나 박후동이 알게 된다면 성격상 가만있지만은 않을 거다. 그렇게 되면 박후동도 6년 전 수열과 같은 꼴이 될 수도 있었다.

"모르는 게 좋아. 적당한 때가 되면 알려줄게."

"뭐, 별수 없죠. 결론부터 말하자면 선배님 예상이 맞았어요. 달고나는 신종 합성 마약인데 아직 경찰 측에서도 파악하지 못한 마약이에요. 그리고 극히 일부긴 한데 이 달고나의 성분이 알약에서도 발견됐어요."

"그럼 알약도 금지 약물인 셈인가?"

"그렇지는 않아요. 공유신체 여행사 중 일부 회사에서 사용하고 있는데 모두 FDA 승인을 받은 것들이에요."

"알겠네. 고생했어."

"뭘요. 더 부탁하실 일 있으시면 언제든 연락 주세요."

"잠깐만, 아직 할 말이 남았네."

수열은 마지막으로 한 번 더 고민했다. 지금부터 할 말은 돌이킬 수 없는 사태를 초래할 수도 있었다. 그러나 아무리 생각해도 혜라를 찾기 위해서는 다른 방법이 없었다.

십여 분 만에 홍성익의 출국 예정 시간까지 알아낸 최상만이었다. 처음부터 그의 실력을 믿었던 건 아니지만 지금까지의 과정을 보면 그의 해킹 능력은 탁월했다. 그런 그가 이틀이 지나도록 혜라에 대한 작은 단서 하나 찾아내지 못하고 있었다. 더군다나 갖고 있던 돈을 다 털어 넣은 공유신체의 남은 기한도 하루뿐이어서 무작정 기다리고 있을 수만도 없었다.

수열이 내린 결론은 혜라가 직접 그를 찾아오게 하는 것이었다. 언제 어떤 식으로 찾아올지 모르니 피하고 싶은 선택이었다. 기습 작전을 펼쳐도 성공을 장담하기 힘든 상황에서 일부러 적에게 정보를 노출하는 방식은 위험천만했다. 그러나 이제는 선택의 여지가 없었다.

　"실은 내 기억이 돌아왔네."

　"네? 진짜요?"

　"자네에게는 알려줘야 할 것 같아서."

　"대박! 축하드려요. 조만간 술 한잔해요. 그때 도대체 무슨 일이 있었던 건지 꼭 듣고 싶었거든요."

　"그래. 박 경사, 할 얘기가 제법 많아."

　이제 박후동의 입을 타고 경찰 내부에 그의 소식이 퍼지게 될 것이다. 경찰 내부에는 혜라의 조력자가 있는 게 분명하니 그 소식은 혜라의 귀에도 들어가게 될 것이다.

　수열은 오랜 시간 생각했다. 6년 전 그날 왜 자신을 살려둔 건지 말이다. 단순히 살해가 목적이었다면 재차 시도할 수 있었다. 수열은 놈들에게 계획과는 다른 변수가 발생했다고 생각했다. 그리고 그 변수는 수열이 기억을 상실했다는 것이다.

　수열의 기록에 의하면 그는 6년 전 사고 당일 제보자를 만나기로 했었다. 아마도 사고는 제보자를 만난 직후 도희를 태우고 가던 길에 발생했을 것이다. 그렇게 생각한 이유는 손바닥에 그려진 달고나 때문이었다. 제보자가 제보한 내용 중에 달고나와 관련된 내용이 있는 게 분명했다.

놈들이 수열을 지금껏 살려둔 이유가 제보자와 접선한 일과 관련이 있는 거라면? 애초에 놈들의 목적은 수열의 목숨이 아니라 수열이 제보자에게 넘겨받은 증거일지도 몰랐다. 수열 또한 지난 6년간 제보자가 넘긴 그 증거를 찾고자 노력했다. 그러나 어디에도 제보자에게 받은 걸로 추정되는 증거물은 보이지 않았다.

하지만 수열에게는 없는 그 증거물이 놈들에게는 존재하고 있을지 몰랐다. 놈들에게 있어 그 증거물에 대해 아는 사람은 수열뿐이었다. 그런데 공교롭게도 그날 사고로 수열이 기억상실증에 걸리면서 문제 요소가 사실상 사라져버린 게 아닐까.

그런데 만약 그의 기억이 돌아왔다고 한다면? 그러면 상황은 백팔십도 바뀌고 6년 전 상황으로 돌아가게 될 것이다.

수열이 달고나 여행사로 돌아왔을 땐 가게 앞에 밴 두 대가 서 있었다. 그 모습을 본 수열의 심장이 거칠게 뛰기 시작했다.

'설마 이렇게 빨리?'

수열은 서둘러 가게로 들어갔다. 승강기가 숨겨진 선반이 옆으로 밀려나 있었다. 수열은 놈들이 달고나 여행사까지 파악하고 있을 거라고는 미처 생각하지 못했다. 달고나 여행사는 다른 사람의 명의로 해놓았고, 수열 자신은 혹시 모를 미행에 대비해 늘 뒤를 조심했다.

물론 그가 기억을 회복한 사실이 혜라 귀에 들어가면 달고나 여행사를 찾는 건 시간문제일 거라고는 생각했다. 그렇다고 이렇게 빨리 들이닥칠 줄이야.

"아빠!"

승강기에서 내리는 수열을 본 가은이 외쳤다. 가은은 이미 포박된 상태였다. 십여 명의 사내와 가은 곁에 서 있는 젊은 여자가 보였다.

"당신이 헤라인가?"

"맞아요. 이렇게 다시 보니까 좋네요?"

"우리가 만난 적이 있었나?"

"있죠. 그것도 꽤 자주. 어때요? 젊어지니까 좋죠?"

"내 손녀는 어디 있나?"

"그 아이라면 걱정 안 해도 돼요. 잘 지내고 있으니까."

"여긴 어떻게 알아냈지?"

"말했잖아요. 우리 자주 만난 사이라고."

헤라는 웃음을 흘리며 여유를 보였다.

수열은 헤라가 그를 떠보고 있다고 생각했다. 정말 기억이 돌아온 건지 말이다. 어쩌면 그녀의 말대로 그는 6년 전에 헤라와 만났을 수도 있었다. 하지만 아닐 수도 있었다.

"사람 아닌 건 기억에 남기지 않는 편이라."

"설마 기억을 못 하는 건 아니죠? 그렇다고 하면 실망이 큰데."

"내가 기억을 회복해야만 하는 이유라도 있나 보지?"

"물론이죠. 진짜 기억을 회복했다면 내가 뭘 원하는지도 알 텐데."

"선택의 여지가 없군."

수열은 혜라를 향해 다가가기 시작했다. 건장한 사내 둘이 앞을 막아 세웠다.

"내버려둬."

혜라의 말에 사내들이 길을 비켰다. 수열은 혜라에게 가는 경로에 놓인 테이블로 다가가 카세트를 집어 들었다. 그리고 그 안에서 테이프 하나를 꺼내 혜라에게 던졌다.

"이게 뭐죠?"

"당신이 그토록 찾던 증거물."

혜라가 테이프를 눈앞에 들고 살피더니 웃음을 흘렸다.

"이게 아닐 텐데요. 아직 기억이 오락가락하나 봐. 이러면 좀 도움이 되려나."

혜라가 품에서 달고나 하나를 꺼냈다. 그러더니 가은의 입을 강제로 벌리려 했다.

"먹어요. 좋아하잖아."

"싫어!"

"딸 찾기 싫어요?"

결국 가은은 혜라를 노려보는 가운데 입을 벌렸다.

"그만둬!"

수열이 분노에 차 외쳤다. 그러나 혜라는 신경 쓰지 않았다. 그녀는 달고나의 비닐 포장을 벗겨 가은의 입에 집어넣었다.

"이 달고나는 당신이 쪼그려 앉아 만드는 것보다 열 배는 빨리 녹아요. 이거 한 개면 하루 종일 환각 상태로 지낼 수 있죠. 그런데 이걸 몇 분 만에 다 먹으면 어떻게 될까요?"

"증거물이라면 넘겼잖아."

"내가 찾는 건 일종의 치부책이에요. 이런 이상한 플라스틱 조각이 아니라."

'치부책?'

수열은 비로소 헤라가 찾는 물건의 정체를 알게 됐다. 모르긴 몰라도 영구 공유신체 혹은 달고나 마약과 관련해 비리 관계에 놓인 자들의 명단이 들어 있는 문건일 거다.

"그건 그 치부책의 내용을 음성으로 녹음해둔 거야. 다 들으면 원본이 어딨는지도 알게 될 거야."

"그럼 틀어봐요."

"여기에는 그걸 재생할 수 있는 플레이어가 없어."

"그럼 그건 뭐죠?"

헤라가 테이블 위의 카세트를 보며 물었다.

"50년이 넘은 것들이야. 작동될 리가 없지."

"흠, 시간을 벌려는 수작인가 본데 그러다간 당신 딸, 사경을 헤맬 거예요."

"거짓말이 아냐. 내가 6년 전 제보자에게 받은 건 그게 전부야. 제보자라고 한들 나를 다 믿을 수 있었겠어? 경찰도 다 한통속인 걸 빤히 아는데?"

"만약 당신 말대로라면 당신도 이걸 들었겠죠. 그럼 당연히 원본이 어딨는지도 알고 있을 테고."

"아니, 난 들을 수 없었어. 들어보기도 전에 사고를 당했고 기억을 상실했으니까. 그리고 이제 막 기억이 돌아왔으니 들을 시간이 없었지. 제보자가 그걸 주면서 했던 말을 그대로 당신에게 전해준 것뿐이야."

"흠……."

헤라가 잠시 고민에 빠졌다. 수열의 말이 개연성에 들어맞은 탓이었다.

6년 전 헤라는 걸리버의 내부 고발자가 수열과 접선하기로 한 계획을 알자마자 배신자의 뒤를 쫓았다. 그러나 내부 고발자를 찾아냈을 때 그는 수열에게 모든 자료를 넘긴 상태라고 했다.

그래서 수열에게 넘어간 치부책을 회수하기 위해 사고로 위장해 일을 벌인 것이다. 그러나 수열의 차량에서는 치부책을 발견할 수 없었고 결국 수열이 이동하는 와중에 어딘가 치부책을 숨겨두었던 거라 판단했다. 그런데 원본은 그 배신자 놈이 갖고 있었다니.

"젠장. 민 사장이 사람 함부로 죽이면 피곤해진다더니 그 말이 딱 맞네. 그때 그 배신자 놈을 죽이는 게 아니었어."

헤라가 수열에게로 다가왔다. 정확히는 수열이 있는 테이블이었다. 그녀는 테이블 위의 카세트에 테이프를 넣고 재생 버튼을 눌렀다. 그러나 수열의 말대로 작동하지 않았다.

"뭐야, 진짜 안 되는 거야? 그럼 되지도 않는 걸 두고 작전이랍시고 그 쇼를 벌였던 거네."

헤라의 말에 수열의 동공이 커졌다. 그녀가 하는 말은 가은과 최상만이 있는 자리에서 그가 구시대의 기기들을 놓고 계획을 털어놓을 당시를 아는 것 같은 말이었다. 아무리 헤라라고 해도 그걸 알 순 없었다. 설마 도청 장치라도 심어놓았던 걸까? 그러나 도청 장치라면 감식기로 수시로 체크했다.

"당신, 진짜 정체가 뭐야?"

수열이 카세트에서 테이프를 빼내는 헤라에게 물었다. 헤라는 수열의 말을 무시한 채 테이프를 부하 중 하나에게 넘겼다.

"확인해봐."

"이걸 어디서……."

젊은 떡대가 통 방법을 모르겠다는 듯 말꼬리를 흐렸다.

"이 멍청한 놈아, 회사에 MIT 나온 새끼가 몇이야?"

"아, 알겠습니다."

떡대는 굽실거린 뒤 곧장 지하실을 빠져나갔다.

"그건 그렇고 수열 씨 눈치 한번 더럽게 없네. 우리 자주 봤다니까. 아, 이렇게 말하면 알려나. 빈대떡에 막걸리 한잔?"

수열이 전율했다. 그에게 그 말을 할 수 있는 인간은 단 한 명뿐이었다.

"최상만, 너였구나."

"답답한 놈, 그걸 이제 알았어? 우리가 함께한 시간이 얼만데. 하여튼 무심한 놈이라니까."

놀라긴 가은 역시 마찬가지였다. 가은이 달고나를 뱉으며 절규했다.

"이 배신자! 당신이 어떻게 이럴 수 있어?"

"아니죠. 내 본모습은 지금이니까. 늙은이 연기하느라 좀 애먹긴 했는데 나름 즐거운 부분도 있었어요. 물론 해커인 척한 것도 연기였지. 생각해봐요. 설령 내가 해커라고 한들 어떻게 그렇게 빠르게 원하는 정보를 찾아 바칠 수 있었겠어요? 해킹 기술이 발전하면 보안 기술도 발전하는 법인데. 그러니 그 많은 정보를 갖다 바칠 수 있던 건 다 내가 헤라라서 가능한 일이었단 말이죠."

수열은 여전히 충격의 도가니에서 헤어 나오지 못했다. 그의 표정에서 실낱같은 희망도 사라졌다.

"왜냐? 왜 그렇게까지 한 거지?"

"설명하자면 좀 긴데. 뭐, 어차피 테이프 분석하려면 시간이 좀 걸릴 테니 시간이나 때우는 셈 치죠. 아 참, 그 전에 그것들부터 치우고."

헤라의 눈짓에 부하들이 가은과 수열의 핸드폰과 스마트워치를 빼앗아 구둣발로 밟아 부쉈다.

헤라는 소파에 앉아 물로 목을 축이더니 입을 열었다.

"이 모든 일은 6년 전 이집트에서부터 시작했어요. 6년 전 다합에서 내 회사의 공유신체를 사용해 스쿠버다이빙을 하던 사람들이 있었어요. 그때만 해도 공유신체 기술을 두고 말이 많을 때였죠. 이미 상용화가 이뤄졌는데도 생명 윤리 어쩌고저쩌고 떠들어대는 인간들 때문에 좀 골치 아플 때였어요. 근데 하필 그 타이밍에 사고가 터졌지 뭐야. 한국인 몇이 이집트 현지 공유신체로 다이빙을 했는데 그중에 다이빙 직전에 달고나를 한 애새끼가 섞여 있던 거예요. 당연히 사고로 이어졌지. 호스트 둘이 죽었어. 뭐, 그래도 거기까진 괜찮아. 문제는 그 호스트 중 하나가 이집트 외무부 장관의 아들이었던 거예요. 또라이도 그런 또라이가 없다니까. 지 아빠가 외무부 장관씩이나 되는 놈이 무슨 호기심에 호스트를 한 건지 참. 아무튼 외무부 장관 아들이 죽었으니 일이 시끄럽게 됐어요. 이집트 측에서 자체 조사단을 파견하겠다며 엄포를 놨죠. 그게 터지면 걸리버는 끝장이었죠. 어떻게 만든 회사인데 그깟 일로 무너지게 둘 수 있겠어요. 가능한 라인을 총동원했어요. 내게는 영구 공유신체와 달고나란 무기가 있었으니까. 이 나라에 내 말 한마디에 목이 달아날 인간이 수두룩한데 안 써먹을 수 없죠. 연락 좀 돌렸더니 국회의원에다 심지어 국무총리까지 두 팔 걷어붙이고 사태를 수습하기 위해 나섰어요. 좀 힘들긴 했지만 결국 조용히 해결했죠. 그런데 그 과정에서 배신자 새끼가 치부책의 정체를 알게 됐고 그걸 빼돌렸죠. 잡아서 불게 했더니 당신 이름을 불더라고. 그런데 젠장, 당신한테도 물건이 없네? 어딘가 빼돌린 것 같긴 한데 기억을 잃었대? 참 미칠 노릇이지. 하지만 난 인내심이 좋은 편이에요. 얼마가 걸리든 당신 곁에 있으면서 기억이 회복될 순간을 기다리기로 했죠. 아니, 근데 당신이 알아서 기억이 회복됐다고 떠벌리네? 이럴 줄 알았으면 내가 이딴 먼지 구덩이에 틀어박혀 지낼 필요가 없던 거잖아요? 나 지금 상당히 억울한 상황이야."

수열은 비로소 손바닥에 달고나 그림이 있던 이유를 알 것 같았다. 그러나 여전히 알 수 없는 게 하나 있었다.

"그건 이미 6년이나 지난 일이야. 지금 와서 내 손녀를 유괴한 이유는 없지 않나?"

"아니죠. 이유라면 충분해요. 미성년자의 공유신체는 이 바닥에서 무척 귀하거든요. 특히 혼수상태인데 공유신체가 가능하다? 이건 부르는 게 값이야. 생각해봐요, 당신 자식이……."

헤라가 가은을 돌아보며 말을 이어갔다.

"그래요. 이 여자가 당신처럼 하반신이 불구라고, 그것도 이제 막 십대가 된 자식이 말야. 앞뒤 안 가리고 건강한 몸을 구해주고 싶지 않겠어요? 뭐, 말했다시피 미성년자 신체는 워낙 귀한 데다 고가이긴 해요. 그렇다고 해서 돈만 있으면 구할 수 있는 것도 아냐. 그런데 나는 다 되네? 할 수 있는데 안 하면 멍청이 아냐? 다른 것도 아닌 자식 일인데."

"다, 당신 자식만 자식이야? 내, 내가 지옥 끝까지라도 쫓아갈 거야……."

가은이 눈이 풀려가는 와중에도 힘들게 정신을 가누며 소리쳤다. 헤라가 그런 가은을 보더니 비웃음을 흘리고는 다시 수열을 향해 말을 이어갔다.

"다른 이유는 일종의 테스트였어요. 사실 난 당신이 이 가게에 달고나 여행사란 간판을 내걸 때부터 계속 불안했어요. 당신이 6년 전 사건을 포기 못 했다고 느꼈으니까. 그러다 혹시라도 기억이 돌아온다면? 그렇다고 그게 불안해서 당신을 섣불리 죽이기도 그래요. 내가 겁난 건 당신이 아니라 당신만 알고 있을 치부책이니까. 당신이 죽어버리면 영원히 치부책은 못 찾게 되는 거잖아요? 그럼 그게 언제 어디서 터질지 예측할 수 없게 되는 거고."

"그 말은 결국 내 기억이 돌아오면 내 손녀와 치부책을 맞교환하려는 계획이었단 건가?"

"음……."

혜라가 짐짓 뜸을 들였다. 그러더니 이번에는 가은에게로 다가갔다. 그녀는 바닥에 떨어진 달고나를 주어 다시 가은의 입에 강제로 넣었다.

그 모습을 잠자코 지켜봐야 하는 수열은 가슴이 찢어지는 것 같았다. 물론 수열이라고 그냥 당하기만 할 생각은 아니었다. 하지만 아직 시간이 더 필요했다. 그때까지는 가은이 견뎌줘야 했다.

"서너 달 전인가. 당신 가게를 봐주다가 우연히 이 지하실에 대해 알게 됐어요. 소름이 돋더라고. 전생에 나랑 무슨 사이였을까도 싶고. 아, 이 인간은 위험하다 하는 확신이 생겼죠. 근데 한편으로는 이런 생각도 드는 거예요. 이 사람, 이미 기억을 회복한 건 아닌가 하는. 당신 입장에서는 기억을 회복했다고 해도 감출 이유가 충분하니까. 그래서 확인해보기로 한 거죠. 궁지에 몰리면 결국 진실을 드러낼 수밖에 없을 테니까."

"그런 거라면 이제 증거를 넘겼으니 된 거 아닌가. 그 증거물이 없이는 나도 할 수 있는 게 없어. 그러니 당신 마음대로 하란 말야."

수열은 으드득 이를 갈았다. 이로써 혜라가 어떤 인간인지와 더불어 그녀의 오래된 음모를 모두 파악한 셈이다. 그러나 지금의 그가 할 수 있는 건 아무것도 없어 보였다.

"죽은 듯이 살 테니 내 딸과 손녀는 풀어줘. 원한다면 내 목숨이라도 내놓지."

시간은 수열의 편이 아니었다. 사실 수열이 넘긴 테이프는 아무 내용도 없는 공테이프였다.

"원래는 당신 말대로 치부책과 교환할까도 했는데 말야……."

헤라가 수열에게서 몸을 돌려 가은에게로 다가갔다. 그런 뒤 무릎을 굽혀 가은과 눈높이를 맞추었다.

"그런데 이걸 어쩌죠, 가은 씨. 내 딸이 당신 딸을 너무 좋아하는데. 가은 씨도 엄마니까 이해할 거야. 내 딸이 당신 딸의 모습으로 내 품에 달려와 안기는데 그게 얼마나 사랑스러운지 몰라. 그러니 엄마인 내가 어쩌겠어."

가은이 부들거리며 헤라를 노려봤다. 이 세상에서 가장 저주스러운 말을 쏟아내고 싶었으나 극도로 격분하자 오히려 말이 나오지 않았다.

당장이라도 실신할 것 같은 가은을 보는 수열은 심장이 타들어갔다. 상황이 이런데도 아무것도 할 수가 없었다. 그 고생을 해서 범인의 정체를 알게 됐는데, 도희가 어디에 있는지도 알게 됐는데 아무것도 달라진 게 없었다.

수열은 분노를 억누르고자 테이블을 주먹으로 내리쳤다. 그런 뒤 자신을 돌아본 헤라에게 말했다.

"당신 딸도 이 사실을 알고 있나? 자기가 사용하는 몸이 누군가의 소중한 가족이란 사실 말이야."

"참 답답하네. 어차피 숨만 쉬지 죽은 거나 마찬가지인 애잖아. 솔직히 안락사도 생각하지 않았나? 그냥 부럽다고 해요. 내가 당신처럼 고루한 인간을 한두 명 본 줄 알아요? 마치 인생에 대해

다 아는 것처럼, 세상의 변화가 인간성의 상실을 담보로 이뤄지는 양 떠벌리는 작자라면 수없이 봐왔어. 그런데 자기 자식이 평생 휠체어에서 지내게 된다면 그때도 그런 헛소리를 지껄일 수 있을 것 같아?"

수열은 헤라의 독기 서린 표정에서 타협은 불가능하다고 다시금 깨달았다. 그녀의 세상에는 아픈 자식밖에 없었다. 어떤 말도 그 강력한 필터를 통과하긴 어려웠다.

이제 수열도 최종 선택을 내리는 수밖에 없었다. 다행히 헤라는 그의 진짜 노림수는 예상하지 못하고 있는 눈치였다. 테이프가 가짜라는 사실은 곧 드러날 테니 이제 슬슬 승부를 봐야 했다. 다만 변수는 헤라가 여기서 무사히 빠져나가게 될 경우였다. 그렇게 된다면 도희는 영영 찾을 수 없게 될지도 몰랐다.

그때 승강기가 내려오기 시작했다. 헤라가 다시금 웃음기를 머금기 시작했다. 수열 역시 마른침을 삼켰다. 머릿속으로는 다음에 벌어질 상황을 반복해서 시뮬레이션하는 중이었다.

"부녀의 운명이 결정될 순간이네."

헤라는 카세트테이프를 들고 간 부하가 돌아온 거라는 확신에 차서 말했다. 그러나 승강기가 내려오면서 순차적으로 드러나는 다리와 허리, 얼굴은 전혀 다른 인물이었다.

헤라는 경악했다. 놀란 건 헤라뿐만이 아니었다. 가은과 수열 역시 각자의 눈을 믿을 수 없었다. 승강기를 타고 나타난 인물은 세 사람 중 그 누구의 예상에도 없는 사람이었다.

"도, 도희야!"

가장 먼저 반응을 보인 건 가은이었다. 예쁜 노란색 원피스를 입은 도희가 승강기에서 내렸다. 그 모습을 본 가은이 의자에 묶인 채로 발버둥쳤다.

"채림이 네가 여길 어떻게……."

혜라는 도희의 공유신체로 나타난 딸을 보고 말을 흐렸다. 채림이 여길 어떻게, 왜 왔는지 통 갈피를 잡을 수 없었다.

"엄마……."

도희가 엄마를 외치며 다가간 사람은 가은이 아닌 혜라였다.

"엄마, 아까 한 말 진짜야?"

"여긴 어떻게 온 거냐니까?"

"엄마가 집에서 통화하는 소릴 들었어. 달고나 여행사로 간다고. 검색해보니까 여기가 나왔어. 그런데 엄마……."

혜라의 머리가 복잡해졌다. 채림이 어떻게 이곳에 온 걸까? 혹 노수열이 뭔가 수를 쓴 걸까? 엄마가 이곳에 온 걸 알았다고 쳐도 채림이 인형의 방문을 스스로 열었다고 해도, 이곳에 올 이유는 없었다.

도희가 주변을 두리번거리더니 가은을 향해 시선을 고정했다.

"저 아줌마가 이 아이 엄마인 거야?"

"아냐. 이건 인형이라니까. 엄마가 설명했지? 뇌사인 사람은 죽은 거나 마찬가지라고."

"뇌사라니? 그, 그게 무슨 소리야. 내 딸은 뇌사가 아냐!"

가은이 울부짖었다. 혼수상태 환자와 뇌사 환자는 전혀 달랐다. 혼수상태는 의식이 회복될 가능성이 있었지만, 뇌사 상태는 뇌 기능이 영구적으로 멈춘 상태를 의미했다. 그런데 도희를 두고 뇌사라니. 저 사악한 여자는 제 딸을 안심시키려고 거짓말을 하고 있었다.

혜라는 제 딸이 대화를 듣지 못하도록 황급히 귀를 막았다. 그런 뒤 가까이에 있는 부하를 향해 명령했다.

"뭐 해? 얼른 집으로 데려가."

"싫어. 나 안 갈래……."

"계속 이러면 엄마 화낸다."

도희가 울먹이는 얼굴로 혜라의 눈을 뚫어져라 바라봤다.

"엄마 나한테 거짓말했어."

"아니라니까. 인형한테 엄마가 어딨어. 저 나쁜 아줌마 하는 말은 다 거짓말이야."

"아냐!"

혜라가 딸의 외침에 움찔거렸다. 평소 웬만해선 소리를 지르지 않는 딸이었다. 혜라는 눈물을 글썽이는 딸의 눈을 보며 불길한 예감에 휩싸였다.

"이 아이 이름은 인형이 아냐. 도희야, 노도희. 그리고 이 아이 살아 있어. 내가 봤어. 내가 다 봤단 말야!"

도희가 울음을 터뜨렸다. 아이의 외침이 넓은 지하실을 가득 채웠다. 목소리는 비록 크지 않았지만, 여운이 강했다. 작은 종달

새 한 마리의 지저귐이 온 숲을 헤집고 다니는 것 같았다.

　헤라의 딸 채림이 인형의 방에서 본 건 죽은 듯 잠든 도희가 아니었다. 도희는 눈을 뜨고 있었다. 처음에는 그 붉은 눈이 무서웠다. 제 몸을 썼다고 원망하는 것 같아 겁이 났다. 채림은 그대로 방에서 도망치려 했다. 그때 뭔가 웅얼거리는 소리가 들렸다. 도희가 뭔가 말을 하려고 했다. 간신히 용기를 낸 채림은 도희의 입을 막고 있던 거즈를 제거해주었다. 그러자 도희가 하고 있던 말이 선명해졌다. 도희는 '도와줘'라고 말하고 있었다.

　"지, 지금 뭐라 했니? 뭘 봤다고?"

　가은은 사물이 뒤틀려 보일 정도로 의식이 혼란스러워지는 와중에도 아이의 목소리에 반응했다.

　"뭐 하고 있어! 얼른 데리고 가라니까."

　헤라가 도희를 부하에게 넘기며 명령했다. 그녀는 가은이 채림을 혼란스럽게 할까 봐 초조했다. 딸에게 이 아이를 쓰게끔 애써 설득해뒀는데 이러다간 다 헛일이 될지도 몰랐다.

　헤라의 부하는 도희가 손길을 뿌리치자 강제로 둘러멨다. 도희는 사내의 어깨 위에서도 버둥거리며 저항했다. 무의미해 보이는 작은 저항은 결코 의미가 없지 않았다.

　수열은 보았다. 도희가 연신 발버둥 치는 와중에도 오른손만은 차분하게 목뒤로 가져가는 모습을. 그건 악마의 딸이 제 또래의 친구를 진짜 가족의 품에 데려다주려는 몸짓이었다. 어른들이 만든 이 지옥 같은 상황에 마침표를 찍는 행위였다.

배터리가 다 된 것처럼 갑자기 소녀의 움직임이 멈췄다. 로그 아웃 상태였다. 지금 수열이 보고 있는 도희는 온전히 도희였다. 수열의 공간에 딸과 손녀가 모두 있었다. 혼란스럽던 생각이 하나둘 떨어져 나가고 이제 단 하나의 문장이 그를 지배했다.

응징하라.

"나도 하나 알려줄 게 있어. 아니, 정정이라고 해야 하나."

수열이 혜라를 응시하며 입을 열었다.

"넌 영원히 치부책을 찾을 수 없을 거야."

"그게 무슨 소리죠?"

"내 기억 따윈 돌아오지 않았단 말이야."

"뭐?"

"널 불러내기 위해 헛소문을 냈던 것뿐이야."

"그럼 그 카세트테이프도……. 이 빌어먹을 영감탱이가 날 속여!"

"하지만 또 다른 증거물이라면 조금 전에 완성됐어. 네 말대로 오래 살고 볼 일이야. 그 나불거리는 주둥이가 도움 될 때도 다 있고."

수열이 블랙박스가 숨겨진 선반을 돌아보며 말했다. 그러면서 슬쩍 카세트를 집어 들었다.

"나라고 이런 구닥다리만 사용하란 법 있나? 혜라, 넌 이제 끝이야."

"뭐 해? 내 딸 데리고 나가라니까!"

위기를 직감한 헤라가 다시금 도희를 둘러맨 부하에게 소리쳤다. 그러자 사내가 서둘러 승강기에 올랐다.

수열은 잽싸게 돌아서 캐비닛을 향해 달리기 시작했다. 반사적으로 막아선 사내의 턱에 훅을 날리고 다른 한 놈은 어깨로 들이밀고 계속해서 달렸다. 곧 그를 제지하려 드는 사내들이 몰려들었다. 그러나 수열이 한발 빨랐다. 수열은 캐비닛을 열고 전력 장치를 향해 카세트를 있는 힘껏 내리쳤다.

오르기 시작하던 승강기는 멈춰 섰고 사위가 어두워졌다.

"뭐 해! 당장 저 인간 잡아!"

곧 여기저기서 핸드폰 조명이 켜지기 시작했다. 당장에 승강기는 멈춰 세웠다지만 여전히 위험한 상황이었다. 궁지에 몰린 헤라가 무슨 짓을 벌일지 알 수 없었다.

'하 서방, 이걸로 약속은 지켰네.'

수열은 하도훈이 공유신체를 허락할 당시 했던 말을 떠올렸다. 그는 도희를 유괴한 자를 제 손으로 처리할 수 있게 해달라고 했다. 그게 유일한 부탁이었다. 하도훈이 처리할 적의 성별이 여자라서 다행이었다. 최소한 죽이지는 않을 테니까. 수열은 캐비닛에 기대앉은 채 로그아웃했다.

걸리버의 보안 요원들이 게스트룸으로 몰려들었다. 그들은 분주하게 캡슐 안을 살폈다. 그러나 그들이 찾는 노인은 보이지 않았다.

수열은 문서고 잠입 당시 캡슐로 돌아오며 전동 휠체어의 위치를 파악해두었다. 그가 공유신체를 해제한 사실을 알아챈 헤라가 직원들을 시켜 그를 찾고 다닐지도 몰랐다. 그래서 곧장 전동 휠체어를 타고 화장실에 숨어든 상태였다. 달고나 여행사에서 실시간으로 촬영된 영상파일이 그의 핸드폰으로 전송되었다. 수열은 해당 파일을 곧장 박후동에게 전송했다. 아울러 달고나 여행사의 위치와 함께 지원을 요청했다.

이제 남은 건 하도훈이 얼마나 버텨주느냐에 달려 있었다. 그렇다고 마냥 믿고 기다릴 수만은 없었다. 수열은 전동 휠체어의 간이 공구함에서 일자 드라이버 하나를 꺼내 들고 화장실을 나섰다. 복도에서는 보안 요원들이 부산하게 돌아다니고 있었다.

수열은 아무렇지 않게 엘리베이터로 향했다.

"저 사람 아냐?"

곧 보안 요원들이 수열을 발견하고 달려왔다. 보안 요원이 길을 막자 수열은 제 목의 경동맥에 드라이브 끝을 겨누었다.

"비켜."

보안 요원들은 쉽사리 달려들지도 그렇다고 물러나지도 않았다.

"너희들, 내가 죽으면 곤란해질 텐데."

수열은 곧장 밀어붙였다. 결국 앞을 막던 보안 요원들이 길을 텄고 수열은 엘리베이터 안으로 들어갔다.

로비 층에 도착했을 때 새로 나타난 보안 요원들이 그의 앞을 막아섰다. 무전을 받은 그들은 절대 비켜설 생각이 없어 보였다.

'여기까진가.'

수열도 딱히 미련은 없었다. 어차피 그가 할 수 있는 일은 모두 끝낸 상태였다. 그런데도 아쉽긴 했다. 가은과 도희, 그리고 하도훈이 함께 있는 그림을 보고 싶었다. 가능하다면 가게에 있는 필름 카메라로 가족사진도 하나 남기고 싶었다. 하지만 그것도 욕심이라면 지금만으로 족했다. 그저 세 사람이 무사하면 되었다.

수열의 손에서 일자 드라이버가 떨어졌다. 그러자 보안 요원들이 하이에나 떼처럼 달려들었다.

"탕!"

"물러서!"

고막을 울리는 총소리에 수열의 시야를 가리던 보안 요원들이 본능적으로 몸을 수그렸다.

"괜찮으십니까, 선배님!"

박후동이었다. 그와 함께 동료 경찰 한 명이 수열에게 다가왔다.

"자네가 왜 여기에……. 달고나는 어떻게 하고?"

"선배님이 알려주신 장소로는 다른 동료들이 출동했습니다. 자세한 설명은 가면서 하겠습니다."

"고맙단 말은 조금 미루지. 나 좀 달고나 여행사로 데려가주게."

"여부가 있겠습니까."

수열은 달고나 여행사로 이동하며 박후동이 걸리버 본사로 출동한 이유를 들었다.

박후동은 수열이 전송한 영상을 보다가 해당 영상 속에 수열의 공유신체가 있다는 사실을 알아차렸다. 박후동은 영상의 내용으로 미루어 수열의 본체도 위험에 처할 수 있다고 판단했다. 그래서 곧장 걸리버의 게스트 명단을 확보했고 수열이 걸리버 본사에 있는 걸 알자마자 달려온 것이다.

"경찰 내부의 움직임은 어떤가?"

"확실한 물증이 확보됐으니 더는 몸 사릴 이유가 없죠."

"그런가. 그렇다고는 해도 후폭풍이 클 거야."

"상관없습니다."

박후동이 결의에 찬 얼굴로 말했다. 그러는 사이 달고나 여행사가 보였다. 경찰차가 이미 도착해 있었다. 구급차도 막 도착해서 구조 대원들이 부산히 움직였다.

수열이 박후동의 도움을 받아 하차했을 때는 헤라의 부하가 줄줄이 연행되고 있었다. 부하들 틈에서 헤라도 보였다.

"이것 좀 놔봐!"

수열을 발견한 헤라가 경찰에게 저항했다. 수열이 박후동에게 슬쩍 고개를 끄덕이자 경찰이 헤라를 수열에게 데리고 왔다.

"당신, 내가 달고나로 올 걸 알고 있었지? 어떻게 안 거야?"

헤라가 여전히 이해가 가지 않는다는 듯 말했다.

"헤라에 대해서는 몰랐지만, 최상만이 헤라인 건 알고 있었으니까. 그러니 당신도 분명 여기로 올 거라 예상했지. 물론 이렇게 빨리 올 줄은 예상 못 했지만."

"최상만이 나란 걸 알았다고?"

헤라가 잠시 생각에 젖었다. 그러다 허탈하다는 투로 말했다.

"젠장. 문서고를 미처 생각 못 했네."

헤라가 현실을 부정하듯 고개를 저었다.

"맞아. 꽤 착실한 직원들을 뒀나 봐. 문서고에서 본 당신의 공유신체 관련 서류로 당신과 헤라가 교집합인 걸 알 수 있었지. 근데 그게 다는 아냐."

"뭐?"

최상만의 몸으로 그의 주변을 감시해온 헤라는 자신만만했을 것이다. 몇 년이 지나도록 완벽하게 신분을 속여왔으니 그럴 만도 했다. 그러나 아무리 철두철미한 그녀라 하더라도 자신의 신상 파일이 문서고 어디에 있는지까지는 알기 어려웠을 것이다. 하지만 아직 그녀가 낙담할 일은 더 남아 있었다.

"실은 훨씬 오래전부터 당신을, 아니 최상만을 의심하고 있었지."

"말도 안 돼."

"내가 왜 이 가게 이름을 달고나 여행사로 지었을까?"

수열은 6년 전 교통사고가 있고 2년이 지났을 때 달고나 여행사를 차렸다. 사실 그건 최후의 수단이었다. 찾지 못한다면 찾아오게 하려는 배수진이었던 셈이다. 6년 전 교통사고가 그의 입을 막고자 혹은 그가 확보한 결정적 단서를 빼내고자 일으킨 거라면 그리고 그 단서와 달고나가 관련 있다면, 이라고 가정했다.

수열은 자신의 수사 기록을 두 개의 키워드로 압축했다. '달고나'와 '공유신체'. 이 두 개를 결합해 달고나 여행사라는 상호를 지었다. 그렇게 하면 혹시라도 그를 여전히 주시하고 있는 용의자가 접근해오지 않을까 하는 계산이었다. 그런 이유로 달고나의 유일한 단골 최상만은 수상쩍었다. 다만 당시에는 헤라라는 인물을 몰랐기에 최상만과 헤라를 연결할 수 없었을 뿐이다.

"애초에 계획적으로 날 끌어들였다는 건가?"

"나야 미끼를 던져놓긴 했지만 뭐가 걸릴진 몰랐지."

"흥. 이게 끝인 거 같지? 후회할 거야. 판도라의 상자를 연 거라고."

"그 상자를 연 건 헤라 당신이야. 알다시피 나한테는 열쇠가 없었으니까. 아 참, 당신도 최상만의 몸으로 지내본 시간이 있으니 조금은 느끼지 않았을까 싶기도 하군. 늙는다는 거 말야, 분명 유쾌한 일은 아닌데 그렇다고 나쁜 것만도 아냐. 물론 당신은 이 말을 죽을 때까지 이해 못 할지 모르지만."

수열은 그 말을 끝으로 헤라를 지나쳤다. 그런 뒤 초조하게 가족을 기다렸다. 잠시 후 들것이 보이기 시작했다. 누군가 들것에 실려 나오고 있었다. 가은이었다. 수열이 다급히 다가가 딸의 손을 붙잡았다.

"아빠……."

가은은 눈이 거의 풀린 가운데 간신이 이성의 끈을 놓지 않고 있었다.

"우리 딸, 고생했다. 정말 잘 견뎠어."

"도희 좀 부탁해요."

뒤이어 들것이 추가로 나왔다. 이번에는 하도훈이었다. 하도훈은 얼른 보기에도 상태가 좋지 않아 보였다. 들것에서 피가 뚝뚝 떨어지고 있었다. 그런 와중에도 하도훈은 수열을 보고 슬쩍 미소를 지어 보였다.

"고맙습니다, 저 같은 놈한테 기회를 주셔서."

"헛소리! 엄살떨지 말고 치료나 잘 받게."

하도훈이 웃다 통증을 느꼈는지 미간을 구겼다.

"내 사위, 잘 좀 부탁합니다."

수열이 구조대원의 뒤에 대고 외쳤다.

뒤이어 구조대원 한 명의 손을 붙잡고 도희가 걸어 나왔다. 맑은 눈에 눈물이 가득 고여 있었다. 믿을 수 없는 광경이었다. 분명 공유신체 동기화는 해제됐다. 그런데 어떻게…….

'이 아이 살아 있어. 내가 봤어. 내가 다 봤단 말야!'

문득 조금 전 헤라의 딸이 도희의 몸으로 했던 말이 떠올랐다. 그저 숨을 쉬고 있는 모습을 봤다고 한 말인 줄 알았는데 그게 아니라 의식을 차린 것이다. 그럼 헤라는 도희가 의식을 회복한 걸 알면서도 제 딸의 영구 공유신체로 쓰려고 했단 말인가. 인간은 어디까지 이기적일 수 있는 걸까. 등골이 서늘했다.

"할아버지!"

수열을 발견한 도희가 달려와 품에 안겼다.

"도희, 내 손주 도희가 맞구나."

수열은 헤라에 관한 생각을 멈추고 눈앞의 축복에 집중하기로 했다. 지금은 그래도 되니까. 가은이 부탁도 있으니 가은의 몫까지 더해 반겨줄 생각이었다. 일단 아이가 안심할 때까지 꼭 안아 주었다.

"내 새끼, 얼마나 고생이 많았니."

아이의 몸에서 뼈만 만져지는 것 같았다. 주책없이 눈물이 멈추지 않았다.

"할아버지, 엄마랑 아빠가 많이 다쳤어요."

도희가 수열의 품에서 울먹이며 말했다.

"괜찮다, 괜찮아. 의사 선생님이 금방 낫게 해주실 거야."

수열이 도희의 손등을 연신 쓰다듬었다. 겉모습만 보면 중학생처럼도 보이지만 도희의 시간은 6년 전에 멈춰 있었다. 어떤 의미에서는 수열과도 비슷했다. 수열은 아이의 잃어버린 시간을 늦게나마 좋은 기억으로 채워주고 싶은 강한 열망을 느꼈다. 차츰 도희의 울음이 잦아들었다.

"할아버지, 어디 아파요? 왜 휠체어 타고 있어요?"

수열의 품에서 떨어진 도희가 걱정 어린 표정으로 수열을 바라봤다.

"다리가 좀 아파서 그런데 괜찮아."

"네. 근데 할아버지, 엄마랑 아빠 다시 결혼했어요?"

"글쎄. 그건 할아버지도 궁금하네. 같이 물어보러 갈까?"

"네!"

수열이 도희를 번쩍 들어 제 무릎 위에 앉혔다. 감각이 느껴질 리 없는 허벅지가 어쩐지 따뜻해지는 느낌이었다. 나이가 들면 체온이 1도 정도 내려간다던데 수열은 오히려 1도가 올라간 기분이었다. 그 1도라면 그의 기억의 공백을 거뜬히 채우고도 남을 것 같았다.

내 아버지는 평생 농사를 지어왔다. 그래서 내가 하는 일은 아
버지에게 평생 이해받지 못할 거라고, 그래서 홀로 단단해져야
한다고 아집에 사로잡히기도 했다. 그러나 소설을 쓰며 깨달았
다. 땅거미 속에 홀로 논둑을 걷는 아버지의 모습과 책상머리에
서 홀로 머리를 쥐어뜯는 내 모습이 어디가 다를까.

아버지가 난치병을 앓고 있다는 사실을 알게 된 건 작년 이맘
때쯤이었다. 의사는 아버지의 폐가 꽤 오래전부터 굳어왔다고
했다.
아버지를 모시고 병원에서 오는 길, 당신의 호시절을 물었더
니 결혼 전 오토바이를 타고 전국을 돌아다닐 때란다. 예상을 빗
나간 말에, 당신이 아버지가 아닌 한 명의 사내로 다가왔다. 그날

이후 나는 종종 아버지의 젊은 시절을 떠올렸고 아버지의 삶을 여행해보고 싶다고 생각했다. 결과적으로 최초의 구상과는 퍽 동떨어진 이야기가 됐지만 달고나 여행사의 시작은 아버지와 병원에 오가는 길 위에서였다.

자식들은 아버지의 삶과는 동떨어진 삶을 살고 있고 그래서 아버지는 자식들의 삶을 마음으로 응원할 뿐 방법을 몰랐다. 그래서 그저 믿는다는 말로 모든 응원을 대신할 때가 많았다. 내겐 그 한 단어가 믿음과 용기에 관한 시(詩)였다.

이 이야기가 세상에 나올 수 있도록 물심양면으로 도와주신 강병철 사장님과 정사라 부장님을 비롯한 출판 관계자분들께 존경과 감사를 전한다. 한 권의 책이 나오기까지는 여러 사람의 공이 들어간다. 이러한 노력이 헛되지 않도록 『달고나 여행사』가 많은 독자님의 사랑을 받았으면 한다.

2023년 여름날
김동하

달고나 여행사

© 김동하, 2023

초판 1쇄 인쇄일 2023년 7월 25일
초판 1쇄 발행일 2023년 8월 8일

지은이   김동하
펴낸이   정은영
편집   정사라 최웅기
마케팅   이언영 한정우 전강산 윤선애 이승훈 최문실
제작   홍동근

펴낸곳   네오북스
출판등록   2013년 4월 19일 제2013-000123호
주소   04047 서울시 마포구 양화로6길 49
전화   편집부 (02)324-2347, 경영지원부 (02)325-6047
팩스   편집부 (02)324-2348, 경영지원부 (02)2648-1311
이메일   neofiction@jamobook.com

ISBN 979-11-5740-373-8 (03810)